아무튼, 노래

아무튼, 노래

이슬아

위고

차례

노래방에서는 뭔가를 들키고 만다

이 책을 펼쳐 든 당신은 노래방적인 사람인가? 아니면 비(非)노래방적인 사람인가? 나의 경우 후자에 가깝다. 노래방에서 내 존재는 기깔나게 노래하는 친구들의 아우라에 묻히기 일쑤다. 편의상 그 친구들을 가왕이라고 호명하겠다. 가왕들이 화려한 열창으로 자신의 기량을 뽐내며 세 평 남짓한 방을 뒤흔드는 동안 나는 소심하게 리모컨을 들고 다음 곡을 고른다. 예약 버튼을 누른 뒤엔 목을 가다듬고 다른 이의 노래를 경청하며 기다린다.

드디어 차례가 다가오면 마이크를 두 손으로 쥔다. 좀 송구스러운 모습으로 첫 소절을 부른다. 에코 섞인 내 목소리는 내가 아는 나보다 어리고 여린 것만 같다. 가슴을 진정시키고 최대한 집중해서 두 번째 소절을 부를 때쯤 가왕 친구들은 자기들끼리 웃고 떠들기 시작한다. 다음 곡으로 뭘 부를지 상의하고, 누가 얼마만큼 취했는지 확인하고, 라이터는 어디에 있는지 찾느라 즐겁게 어수선해진다. 그들 사이로 나의 미약한 노래가 BGM이 되어 깔린다. 지금은 그저 가왕들이 쉬어 가는 시간일 뿐이란 걸 1절 후렴을 부르며 깨닫는다. 문득 나는 만나본 적 없는 가수들을 생각한다. 세 평짜리 노래방을 장악하는 것도 이렇게 어려운데 그들은 도대체 무슨 수로 잠실 실내 체육관 같은 곳을 장악하는 것인가. 그렇게 1절까지만 부르고 손 땀을 닦은 뒤 다음 사람에게 마이크를 넘긴다.

　　노래방을 장악해보지도 않은 내가 왜 노래에 관한 책을 쓰는가. 생각해보면 몹시 자연스러운 일이다. 김연아가 피겨스케이팅에 관한 글을 쓰지 않고 우사인 볼트가 육상에 관한 글을 쓰지 않고 우리 엄마 복희가 요리에 관한 글을 쓰지 않듯, 가왕들은 노래에 관한 글을 쓰지 않는다. 그들은 그저 자신이 잘하는 것을 잘하느라 바쁘다. 작가들은 예외다. 작가들은 글에 대한 글을 토할 정도로 많이 쓴다. 심보선이 말하길 시란 두 번째로 슬픈 사람이 첫 번째로 슬픈 사람을 생각하며 쓰는 것이랬다. 그렇다면 나에게 글이란 한 네다섯 번째로 탁월한 내가 첫 번째로 탁월한 친구들을 생각하며 쓰는 것이다. 애매하게 탁월한 사람은 더 탁월한 사람을 구경하고 감탄하며 생의 대부분을 보낸다. 가왕들은 마치 익숙한 차를 몰고 여러 번 지나본 길을 달리듯 노래한다. 아주 좁고 가파른 골목에서도 차로 벽을 긁는 실수따위 하지 않는다. 그들은 차폭을 정확히 인지한 운전자처럼 두려움없이 다음 소절로 힘차게 나아간다.

한편 가왕이 아닌 이들의 노래도 기억 속에 선명히 남아 있다. 뭔가를 못하는 방식 또한 제각각 다르다는 사실에 나는 자주 놀라곤 한다. 어떤 사람의 못함은 너무나 감동적이어서 잊을 수가 없다. 잘 못 불렀는데도 좋아죽겠는 노래를 맞닥뜨릴 때마다 음악이라는 것을 그리고 삶이라는 것을 처음부터 다시 배우는 기분이다. 하나도 안 탁월한 사람을 얼추 이해하는 일 또한 애매하게 탁월한 사람에게 주어지는 축복일 것이다. 나는 나를 까먹으며 남의 노래를 보고 듣는다. 딱히 기대받지 않으며 순서를 기다리는 나 같은 친구의 마음속에 들어갔다 나온다. 비노래방적인 사람은 노래방에 심취하지 않으므로 모조리 느낀다. 그곳에서 동시다발적으로 일어나는 상호작용을.

노래방은 만화경처럼 영롱하고 오묘하게 우리를 가두고 드러낸다. 노래를 부르지 않는 사람조차 노래방에서는 뭔가를 들키고 만다. 말로도 글로도 못할 얘기들을 입 밖에 꺼내도록 노래가 인도하니까. 대중가요의 특수한 악력에 이끌리면 누구든 평소보다 더 열렬한 사람이 되어버리고 마니까.

그러니까 이것은 노래를 듣고 부르며 관찰한 타인과 나에 관한 이야기다. 너무 기쁘거나 너무 슬픈 노래를 부르며 사랑을 예습하고 복습해온 사람 중 하나로서 이 책을 통해 그 학습 과정을 탐구해보고자 한다.

태어나보니 노래방이 있었다

그나저나 노래방이라는 흥겹고 슬프고 우스꽝스러운 시공간이 어쩌다 한국의 모든 동네에 자리 잡게 되었을까? 겸연쩍은 현대인들은 결코 아무 데서나 목청껏 노래하지 않는다. 노래하기로 합의된 공간에서 마이크와 반주의 도움을 받아 노래하는 이가 대다수다. 노래방은 노래 부를 용기가 작동되게끔 설계되어 있다. 노래하지 않으면 안 되는 상황에 놓이고 싶은 사람들이 제 발로 그곳에 간다. 혹은 싫지만 끌려서 간다.

노래의 역사는 길지만 노래방의 역사는 그리 길지 않다. 그것은 자동 반주 기계의 보급과 함께 시작된다. 반주 기계가 발명되기 이전에는 수동으로 연주하는 사람들이 있었다. 전문 악단이 고객의 신청곡에 맞춰 직접 반주를 깔아주는 서비스였다. 그런 악단의 멤버 중 한 사람이 이노우에 다이스케다. 일본에서 태어나 연주자로 살아가던 이노우에는 1971년 어느 날 자신의 일이 무척 비효율적이라고 느꼈다. 그는 술 취한 이들이 부르는 노래를 위해 반복적으로 키보드를 쳐야 했다. 이노우에의 단골손님 중에는 지독하게 음치인 한 사장도 있었는데, 그는 이노우에의 연주가 없으면 노래를 시작도 못 할 정도로 음감이 떨어졌다고 한다. 하루는 음치 사장이 회사 야유회에서 노래를 불러야 할 일이 생겼다. 이노우에는 음치 사장을 위해 또 연주하기가 몹시도 귀찮았다. 그래서 카세트테이프에 맞춤용 반주를 녹음하여 건넸다. 한 번만 녹음해두면 몇 번이고 반복 재생할 수 있으니 효율적이었다. 이 일을 계기로 이노우에는 악단의 시간과 노고와 비용을 절약하고자 자동 반주 기계를 발명하기에 이른다. 그 기계의 이름이 바로 '가라오케'다. '비어 있음', '가짜'라는 뜻의 '가라'와 '오케스트라'를 이어 붙인 합성어다. 즉 가라오케란 가짜 오케스트라 기계를 뜻한다. 직접 연주하기 귀찮았던 이노우에가 세계 최초로 만든 발명품이다. 그는 돈 벌기도 귀찮았는지 이 혁신석인 기계를 만들고도 특허를 내지 않았다. 덕분에 유사 상품이 대거 제조되었고 가라오케 문화는 전 세계로 뻗어나가게 된다.

이 기계는 1980년대 일본에서 급속도로 대중화되다가 일본과 지리적으로 가까운 부산에도 상륙했다. 1991년 한국의 기업 와와전자는 기계를 한층 더 업그레이드시켰다. 영상 출력 기술이 미흡하여 가사책을 따로 보면서 노래를 불러야 했던 이전 기계와는 달리 박자에 맞춰 가사가 색칠되고 점수도 매겨지는 버전이었다. 와와전자가 이 기계를 부산시에 보급하자 바야흐로 노래방의 춘추전국시대가 열린다. 30년 정도 된 역사다. 내 인생의 길이와 얼추 비슷하다.

1999년 시사주간지 『타임』은 이노우에를 두고 이렇게 말했다. "마오쩌둥과 간디가 아시아의 낮을 변화시켰다면 이노우에는 아시아의 밤을 바꿔놓았다." 이노우에는 『타임』이 선정한 "가장 영향력 있는 20세기 아시아 인물" 중 한 명이 되었다.[*] 또한 2004년에는 '이그노벨상'이 이노우에에게 돌아갔다. 전 세계의 우습고 쓸모없는 발명가들을 기리는 이그노벨상 측은 다음과 같이 말하며 이노우에에게 이그노벨 평화상을 수여했다. "인간이 타인에 대한 인내심을 갖는 완전히 새로운 길을 제시함으로써 평화 공존을 이룩함." 시상식에서 한 잡지 편집인은 그의 발명이 "전 세계인에게 엄청나게 광범위하면서도 하찮은 영향을 끼쳤다"고 말하기도 했다.[**] 나 역시 그 영향력 아래에서 유년기를 보냈다.

[*] 「가라오케 발명가 이노우에」, 『한겨레』, 2005년 10월 23일 자.

[**] 「'가라오케'가 세계평화 기여」, 『주간경향』, 2004년 11월 11일 자.

엇박적 인간과 정박적 인간

일주일에 한 번 구민회관 노래 교실에 다니는 여자와 거실 중앙에 노래방 기계를 설치한 남자가 있었다. 뭐가 먼저인지는 모르겠다. 노래 교실에 다니는 여자를 위해 남자가 반주 기계를 산 건지, 아니면 남자가 사놓은 반주 기계 때문에 여자가 노래 교실에 다니기 시작한 건지. 아무튼 나는 그들의 손주로 태어났다.

삼대가 함께 모여 사는 그 집에서 가장 나이가 많은 사람은 할아버지였다. 할아버지의 이름은 한우다. 한우가 삶은 북어를 안주 삼아 맥주를 세 병 이상 마시는 날이면 어김없이 거실의 노래방 기계가 재생되었다. 취한 채로 집안의 여자들을 모두 호출하여 노래를 시키는 건 한우의 술버릇 중 하나였다. 할머니와 엄마와 작은엄마와 당숙모 등이 졸린 눈으로 거실에 나타나 번갈아 노래를 불렀다. 나는 북어 냄새를 맡으며 그들의 노래를 들었는데 그중 〈사랑밖엔 난 몰라〉를 부르던 당숙모의 목소리는 가장 오래된 기억처럼 남아 있다. 어제는 울었지만 오늘은 당신 땜에 내일은 행복할 거라고 당숙모는 노래했다.

그 노래를 듣자 뭔가가 아득하고 걱정스러웠다. 노래에 스민 불행의 함량을 느껴버린 탓이다. 분명 내일은 행복할 거라는데 왜 불안한 느낌인지. 사랑밖

에 난 모른다는데 정말 그래도 되는 건지. 농염한 색
소폰 연주와 의미심장한 단조 멜로디가 거실에 울려
퍼졌다. 이러한 가정식 노래방에서 한우가 가장 좋아
했던 건 그의 아내 향자의 노래다. 우리 할머니 향자
는 이틀에 한 번씩 만취하는 남편을 지긋지긋해하며
중얼거렸다. "지랄." 그러고는 〈천년 바위〉를 부르
기 시작했다.

동녘 저편에 먼동이 트면 철새처럼 떠나리라
세상 어딘가 마음 줄 곳을 집시 되어 찾으리라

향자가 당장 다음 날 아침에 집을 나간대도 이
싱하지 않을 가사였다. 누구도 찾을 수 없는 곳으로
말이다. 그러나 향자는 한 번도 집을 떠나지 않았고
노래 교실에도 십 년 넘게 출석했다. 수영이든 요가
든 한번 시작하면 십 년 넘게 다녔고 툭하면 술 취하
는 남편과도 육십 년을 거뜬히 함께 살았다.

내가 여섯 살이 되던 해에 향자는 나를 노래 교
실에 데려갔다. 노래 교실이 열리는 구민회관까지는
버스로 갔다. 향자는 버스에 올라타서 내 몫의 토큰
까지 정확히 세어 토큰 통에 턱턱 흩뿌려주었지만 결

코 나랑 발맞춰 걸어주지는 않았다. 키에 비해 긴 다리로 성큼성큼 부지런히 걷는 그를 따라가려면 서둘러야 했다. 구민회관 2층에는 대강당이 있었다. 백 명넘는 할머니들의 인파로 꽉 찬 장소였다. 할머니들은 모두 같은 미용실에 다닌 것처럼 파마머리도 문신한 눈썹의 모양도 비슷했다. 나는 향자네 손녀 딸내미로 불렸다. 무스로 머리를 넘긴 남자 선생님이 무대에 등장했다. 무스 선생은 할머니들을 언니라고 부르며 노래를 한 소절씩 차근차근 가르쳤다. 내가 할머니들 틈에 껴서 처음 배운 노래는 〈사랑을 위하여〉다.

　　이른 아침에 잠에서 깨어
　　너를 바라볼 수 있다면
　　물안개 피는 강가에 서서
　　작은 미소로 너를 부르리
　　하루를 살아도 행복할 수 있다면
　　나는 그 길을 택하고 싶다
　　세상이 우리를 힘들게 하여도
　　우리 둘은 변하지 않아

　　백 명의 할머니와 그 노래의 1절을 부르며 나는 사랑에 대해 두 가지를 예감하게 되었다. 사랑은 아첨부터 시작되나 보다… 사랑은 웬만해선 안 변하나 보다…. 그다음 주에 출석한 노래 교실에서는 2절도 배웠다. 2절의 가사는 1절보다 확실하게 이해할 수 있을 것 같았다.

내가 아플 때보다 네가 아파할 때가
내 가슴을 철들게 했고
너의 사랑 앞에 나는 옷을 벗었다
거짓의 옷을 벗어버렸다

그러니까 뭔 뜻이냐면 사랑은 나를 철들게 하고 옷을 벗어버리게 만든다는 말인 것 같았다. 노래 교실에 3주째 출석했을 때 나는 이 노래를 완벽하게 외워버린 나머지 눈 감고도 부를 수 있을 것 같았다. 입에서 술술 노래가 흘러나왔다. 너를 사랑하기에 저 하늘 끝에… 마지막 남은 진실 하나로…. 가장 잘 들려오는 건 내 목소리가 아닌 옆에 앉은 향자의 목소리였다. 향자는 별로 힘을 들이지 않고도 노래를 돋보이게 부를 줄 알았다. 노래 교실의 선생님은 이따금 향자에게 마이크를 넘겼다. 향자가 우뚝 서서 부른 몇 소절을 선명히 기억한다. 향자가 참 잘한다고 다른 할머니들이 말했다.

4주째에는 새로운 노래를 배웠다. 곡 제목은 '사랑은 연필로 쓰세요'였다. '뚜두따다 뚜두따다' 리듬의 현란하고 빠른 드럼 연주가 시작되었다. 멜로디는 장조였고 경박할 정도로 신나게 진행되는 노래였다. 내용인즉슨 제목 그대로 사랑을 연필로 써야 한다는 얘기였다. 잉크로 쓰면은 나중에 틀렸을 때 지우기가 너무 어려우니 말이다. 문제는 박자였다. 〈사랑을 위하여〉는 거의 정박으로만 이루어진 노래였지만 이번 노래는 달랐다. '웃따 웃따' 하고 리듬을 타야 했다. 엇박적인 노래였기 때문이다. 백 명의 할머니 중 절반이 자꾸만 박자를 정박으로 탔다. 선생님이 답답해하며 반주를 끊고선 반 박 쉬고 들어가야 한다고 강조했다. 몇 번 다시 해봐도 고쳐지지 않자 그는 언니들에게 박수를 치며 고개를 끄덕이게 시켰다.

(짝)꿈으로 가득-찬 설레이는 이 가슴에-
(짝)사랑을 쓰-려거든 연-필로 쓰-세-요
(짝)사랑을 쓰-다가 (짝)쓰다가 틀리면-
지우개로 깨끗-이 (짝)지워야 하-니-까

그러자 고개와 박수와 노래가 죄다 따로 노는 할머니들이 대폭 늘어났다. 아수라장 속에서도 향자의 음정과 박자만이 정확하였다. 향자를 따라 노래 교실에 다닌 1997년부터 나는 언제나 그처럼 노래할 수 있게 되기를 소망하였다. 향자는 리듬을 너무 잘 타는 나머지 박자를 무시하고 불러도 결코 틀리지 않는 사람이었다. 정박을 타는 것쯤은 일찌감치 마스터한 뒤 엇박의 세계에서 편안하고 자유롭게 놀았다. 그에 비해 나는 어려서부터 지금까지 정박적인 인간이었다. 학교에 안 늦고 숙제도 잘해 가는. 긴 일기를 날마다 성실히 쓰지만 갑자기 삼행시를 시키면 꿀 먹은 벙어리가 되는. 정박 노래는 결코 안 틀리는데 엇박 노래는 꼭 한 군데씩 틀리는. 혼자 걷다가도 스텝이 꼬여 넘어지고 마는….

그러나 향사는 어느 대화 중에도 "지랄" 한마디를 치고 들어올 줄 알았고 빨리 걸으면서도 결코 넘어지는 법이 없었고 갑자기 마이크가 쥐어져도 긴장하지 않았다. 정박을 잘 타는 사람이 엇박을 못 탈 수는 있어도 엇박을 잘 타는 사람이 정박을 못 탈 수는 없었다. 엇박적인 사람이란 정박과 엇박 모두를 가지고 노는 이를 뜻했다. 향자가 바로 그런 사람이었다. 그는 노래 교실의 다크호스로 오랫동안 자리를 지켰다.

가정 노래 교육

〈섬집 아기〉는 서글프고 아름다운 노래다. 오래전 복희가 어린 나를 안방에 눕히고 한 소절씩 불러주며 가르쳤던 게 생각난다. 처음 들었을 때부터 마음이 저려왔다. 혼자 불러보다가 눈물이 나기도 했다. 그런데 언제부터 눈물이 안 났느냐면 한우의 노래방 기계로 그 노랠 불러보고 나서였다. 한우는 집안의 여자 어른들뿐 아니라 어린 나에게도 자주 노래를 시켰다. 또래보다 빨리 애창곡의 목록을 가져야 했던 내가 첫 번째로 선보였던 노래가 바로 〈섬집 아기〉다. 시작 버튼을 누르자 4분의 3박자의 동요 반주가 흘러나왔고 나는 복희에게 배운 대로 노래를 불렀다.

그 와중에 노래방 기계의 화면에서는 어느 해변가의 풍경이 재생되었다. 그동안 〈섬집 아기〉를 부르며 머릿속으로 상상했던 바닷가 마을과 비슷해 보이기도 했다. 다른 점이 있다면 수영복 입은 여자들이 등장했다는 것이다. 금발 머리를 풀어헤친 서양 모델들이 하나둘씩 나타났다. 우리 할아버지 한우의 선택이었다. 당시 반주 기계의 배경 영상 선택 옵션으로는 '기본'도 있고 '자연'도 있었으나 한우는 굳이 '성인'을 골랐다. 노래가 시작될 때마다 수영복을 입은 여자들이 끊임없이 걸어 나왔다. 성인이란 저런 것이구나. 팔다리가 긴 여자. 치렁치렁한 머리를 이리저리 쓸어

넘기는 여자. 비키니가 잘 어울리는 여자….

성인에 관한 최초의 그릇된 이미지를 스펀지처럼 흡수하며 〈섬집 아기〉를 불렀다. 그것이 자동차 부품 상가에 자리한 '양면테이프집 아기'인 나의 운명이었다. 엄마가 섬 그늘에 굴 따러 가는데 화면에서는 산호색 팬티를 입은 여자가 바닷물에 발을 담그고, 아기는 혼자 남아 집을 보는데 검정색 원피스를 입은 또 다른 여자가 모래사장에서 태닝을 했다. 다 못 찬 굴 바구니 머리에 이고 엄마는 모랫길을 달려오는데 때마침 새로운 여자가 티팬티를 입고 해변을 달렸다. 저런 모습으로 아기에게 달려가는 여자라니 경쾌하기만 했다. 더 이상 〈섬집 아기〉를 부르며 눈물을 흘리는 일은 없었다.

〈섬집 아기〉 다음으로는 〈소양강 처녀〉를 즐겨 불렀다. 대가족이 함께 살았던 탓에 동요에서 성인 가요의 세계로 성큼 넘어가게 된 것이다. 두 곡 다 가사에 물가와 여자가 등장한다는 공통점이 있었지만 장르는 확연히 달랐다. 〈소양강 처녀〉를 선곡하면 수영복입은 여자들 아래로 다음과 같은 가사가 표시되었다.

해 저~문 소~양강~에 황~혼이 지~면

외로~운 갈대~밭~에 슬피 우는~ 두~견새야

열여덟 딸~기 같은 어린 내 순정

너마저 몰~라주면 나는 나는 어~쩌나

아아 그~리워서 애~만 태~우는 소양~강 처~녀

나는 궁금했다. 물결표 부분의 멜로디는 어떻게 불러야 하는가. 두견새는 어떤 새이며 갑자기 그 새를 왜 찾는 것인가. 나의 순정은 왜 딸기 같은가…. 알 수 없었다. 향자가 이 노래를 기가 막히고 코가 막히게 잘 부른다는 것만은 확실했다.

거실에 놓인 반주 기계 덕분에 노래방 조기 교육을 받은 채로 초등학생이 되었다. 할머니표 트로트의 한(恨)과 할아버지의 성적 판타지 따위를 무의식에 새긴 채로 엄정화와 조성모와 S.E.S.와 핑클과 H.O.T.와 god를 들으며 초등 사회에 진입했다.

어떤 날에는 술 취한 친척 어른들을 따라 노래방에 갔다. 유피의 댄스곡 〈뿌요뿌요〉를 듀엣으로 부르던 외숙모와 외삼촌의 모습이 생생하게 기억난다. 그들은 아직 신혼부부였다. 더 이상 망설이지 말라고, 그렇게 애태우지 말라고 외숙모가 노래하면 외삼촌은 다음 소절에서 그대야 죽어도 너만을 사랑한다고 노래했다. 어른이란 이런 것이구나. 뭔지 모를 문제로 애를 태우는 사람들. 슬프고 진지한 말을 방방 뜨는 비트에 맞춰 흥겹게 불러버리는 사람들. 나는 어둡고 습한 방에서 성인 가요를 잠자코 흡수했다. 아이는 어쩜 그리도 어른이 예상치 못한 순간에 가장 많이 자라는지. 교육이란 건 어쩜 그리도 의도치 않게 일어나는지. 어른들이 나를 깜빡 잊은 사각지대에서 노래가 내 몸과 마음과 영혼에 흘러 들어오고 있었다.

2000년의 어느 날, 처음으로 어른 없이 노래방에 갔다. 아홉 살들끼리 입장한 어느 소도시의 노래방에서는 맥주에 젖은 새우깡 냄새가 났다. 한낮에 갔는데도 밤의 세계 같았다. 어둡고 네모난 방에 소파와 반주 기계와 마이크와 노래방 책과 리모컨이 놓여 있었다. 초등학생 다섯 명이 하나둘 착석하는 와중에 노래방 화면에 떠오르는 문장 하나. 60분이 입력되었습니다. 말 많은 애가 말했다. "야, 빨리 시작해." 과연 누가 빨리 시작할 수 있을까. 나는 아직 마음의 준비가 안 되었는데…. 그때 한 여자애가 리모컨을 덥석 집어 들었다. 반장이었다. 저렇게 먼저 용기를 내는 애가 어디에나 있었다. 그런 애들 덕분에 나 같은 애들이 한숨 돌리며 긴장을 추슬렀다.

반장이 고른 노래는 이수영의 〈I Believe〉였다. 반주가 시작되자 노래방이 어두워지고 미러볼이 켜졌다. 미러볼은 빙글빙글 돌며 형형색색의 빛을 내뿜었다. 네모난 노래방 구석구석을 스치며 회전하는 동그란 분홍, 동그란 노랑, 동그란 파랑, 동그란 초록…. 금세 영롱해진 그 공간에 동양적인 현악기 소리가 흘렀다. 그 사이로 반장이 첫 소절을 불렀다. 노래하는 반장의 목소리는 이수영과도 달랐고 평소 반장의 목소리와도 달랐다. 듣고 있던 누군가가 말했다. "올~!" 혹시 노래라는 건 평소와는 다른 모습을 보여주는 일인가. 만약 그렇다면 더욱 부담스러운 일이지 않은가. 반장은 자신 있게 후렴구를 향해 갔다. 후렴 가사를 들어보니 사랑하는 상대가 죽은 것 같았다.

그런 이야기는 아주 흔했다. 1990년대 후반에 발표된 한국 발라드는 대부분 그랬다. 우리 아빠 웅이의 애창곡이었던 김민종의 〈하늘 아래서〉도 마찬가지였다. 뮤직비디오에서는 주인공이나 주인공의 애인이 꼭 젊은 날에 죽었다. 교통사고로 죽거나 물가에 걸어 들어가거나 집에 불이 나거나 야쿠자에게 둘러싸이거나 백혈병에 걸렸다. 남자 주인공도 죽었지만 여자 주인공이 죽는 경우가 더 많았다. 그럼 남자 주인공이 검정 재킷 같은 것을 입고 옥상에서 무릎

꿇은 채로 울부짖었다. 흰 원피스를 입은 긴 생머리 여자가 하늘에서 아른거리는 건 덤이었다. 그러한 사랑의 풍경이 내 유년기를 사로잡았다. 꼭 누가 죽어야 사랑이 완성되는 것이었다. 둘 중 한 명이 입원이라도 해야 했다. 아니면 최소한 유학이라도 가야 했다.

두 번째로 마이크를 쥔 건 앞머리에 갈색 블리치를 넣은 남자애였다. 그 애는 박완규의 〈천년의 사랑〉을 골랐다. 비장한 반주에 맞춰 이대로 널 보낼 수는 없다고 노래했다. 천 년이 가도 난 너를 잊을 수 없다고도 노래했다. 초등학생 특유의 미성으로 박완규의 음역대를 얼추 따라잡을 수 있었다. 남자애가 내게 마이크를 넘겼다. 나는 할머니와 구민회관 노래교실에도 다니고 가정용 노래방 기계로 조기교육도 받았지만 친구들 앞에서 노래하는 건 처음이었다. 너무 두려운 동시에 너무 잘하고 싶었기 때문에 심장이 요동쳤다.

나의 선택은 유치원 때부터 눈물을 흘리며 들었던 조성모의 〈불멸의 사랑〉이었다. 불멸이 뭐냐고 누군가가 물었으나 아무도 대답하지 못했다. 나는 마이크를 두 손으로 쥐고 최선을 다해 노래했다. 영원히 널 사랑한다고… 남아 있는 내 삶을 널 위해 바치겠다고…. 내 목소리는 전혀 조성모 같지 않았고 그렇다고 나 같지도 않았다. 그때의 기분을 뭐라고 말할 수 있을까. 몹시 약해지는 기분이라고밖에 설명할 수 없을 것이다. 긴장 때문에 목구멍이 좁아지는 느낌이 들면 필사적으로 조성모를 떠올렸다. 여러 편의 드라마틱한 뮤직비디오에 출연한 조성모의 모습을 말이다. 뮤직비디오 속에서 조성모는 수없이 울고 이별하고 다치고 희생하고 심지어 전쟁에도 나가고 있었다. 그는 내게 사랑의 형상 그 자체였다. 나중에 커서 사랑을 하게 된다면 조성모처럼 사랑을 하거나 조성모 같은 사람이랑 사랑을 할 것이었다.

내 목소리가 너무 작았는지 다들 자신의 다음 노래를 고르느라 여념이 없었다. 나 다음으로 마이크를 집어 든 남자애는 조장혁의 〈중독된 사랑〉을 선곡했다. 그 노래를 듣고 있자니 사랑하는 사람들은 '제발'이라는 말을 자주 쓰게 되는 것 같았다. 사랑이란 간절해지는 것, 애원하게 되는 것인 듯했다. 천년을 가거나 불멸하거나 중독되는 사랑에 대해 우리가 노래하는 동안 노래방에 입력된 60분은 째깍째깍 줄어들고 있었다.

노래방. 그곳은 내게 사랑의 예습장이었다. 그

예습이 훗날 어떻게 실전을 방해할지에 관해서는 아는 바가 없었다. 우리는 미러볼 조명이 스쳐 가는 서로의 얼굴을 똑바로 쳐다보지도 못하는 초등학생들이었다. 어둡고 좁은 방에 앉아서 친구의 노래를 2절까지 듣는. 어둠의 힘을 빌려 평소에 없던 용기를 내어 노래하는.

그러다가 시간이 다 지나서 지상으로 올라오면 바깥은 아직도 한낮이었다. 환해진 채로 서로의 얼굴을 마주하자 다시 민망하였다. 한 시간 동안 우리의 것이 아닌 언어를 너무 많이 써버렸던 탓이다. 성인 가요의 심한 가사들을 툭툭 털어내기 위해 인라인스케이트 같은 것을 타러 갔다.

강부자와 정향자와 프레디 머큐리의 기분

새천년이 시작되면서부터는 방문을 잠그고 혼자 놀았다. 바닥에 무릎을 꿇은 채 카세트 플레이어에 목소리를 녹음하는 시간이었다. 그곳에 공테이프를 삽입하고 빨간색 레코딩 버튼과 재생 버튼을 동시에 누른 뒤 노래를 불렀다. 조성모 노래 중 천국으로 먼저 간 연인에게 바치는 발라드가 있다. 그 노래를 두 소절쯤 부르고 정지하고 되감기를 해보면 내 목소리가 흘러나왔다. 목소리는 늘 예상을 빗나갔다. 나보다 어린 코맹맹이의 노래 같았다. 그 목소리가 어땠는지 지금은 기억나지 않는다. 다만 지난봄에 혼자 길을 걷다가 초등학생들 한 무리가 목청껏 떠들며 내 곁을 스쳐 갔을 때 오래된 기억에 사로잡혔던 것 같다. 옛날에 나도 저런 소리를 냈던 것 같은데. 저렇게 가늘고 어린 목소리.

시간이 흘러 2019년이 되었을 때 모르는 이로부터 페이스북 메시지 하나가 도착했다. 그는 말소리를 탐구하고 치료하는 사람이라고 자신을 소개했다. 본 적도 들은 적도 없는 사람이지만 그 소개만으로도 내 마음에 호기심이 퐁퐁 솟아났다. 편의상 그를 목 선생님이라고 호명하겠다. 목 선생님은 목소리와 발성에 관한 자신의 경험치를 바탕으로 내 목소리를 분석

해보았다고 말했다.

"이슬아 작가님께서 낭독하고 노래하시는 모습을 유튜브에서 보았습니다. 저는 소리를 어떻게 운행하는지 이해시켜드리고, 어떤 안 좋은 습관이 있는지 짚은 뒤 확실한 개선 방향을 제시합니다. 앞으로 더 많은 자리에서 강연을 하실 것이고 더 큰 무대에서 노래하실 텐데요. 소리 운행에 대해 조금만 이해하셔도 큰 도움이 되리라는 생각에 이렇게 메시지 드립니다. 작가님을 애정하는 팬의 마음으로 한 달 동안 레슨을 해드리고 싶습니다. 레슨비는 받지 않습니다. 분명 좋은 경험이 될 거예요."

메시지 아래에는 목 선생님이 간단히 정리해놓은 내 목소리 분석표가 첨부되어 있었다. 그가 적길 이슬아 작가의 장점은 다음과 같았다. 1. 발음의 위치가 전체적으로 통일되어 있어 청중의 몰입이 가능함. 2. 목소리의 밸런스가 좋음. 3. 말할 때 호흡의 지원이 좋음. 이 장점을 토대로 레슨을 통해 어떻게 더 좋게 보완할 것인지도 적혀 있었다. 1. 발성 시 몸을 사용하는 느낌을 훈련하며 비브라토를 익힘. 2. 발음이 경구개를 때려 소리 내도록 하며 자음을 활성화시키기. 3. 노래할 때 쓰는 밑심 근육 기르기.

무슨 말인지 모르겠는 동시에 약간은 알 것 같기도 했다. 약간 알 것 같다는 느낌이 언제나 무언가를 시작하게 한다. 나는 목 선생님에게 답장을 했다.

"목 선생님. 제 목소리를 정성스럽게 분석해주시고 피드백해주셔서 감사합니다. 저는 몸을 써서 배우는 것을 좋아합니다. 이번 주말에 시간 어떠신가요. 일정을 맞춰봅시다."

그렇게 목 선생님을 만났다. 꼼꼼하고 부지런한 인상의 젊은이였다. 약속대로 그는 일주일에 한 번씩 4주간 무료로 레슨을 해주었다. 그가 하라는 대로 말해보고 노래해보았다. 그사이 무엇이 어떻게 달라졌는지 말로는 잘 설명할 수 없는데 아주 중요한 걸 터득한 기분이었다. 동시에 몹시 갈 길이 먼 듯했다. 갈 길이 멀다는 느낌이 언제나 무언가를 계속하게 한다.

한 달 뒤부터 목 선생님에게 정식으로 레슨비를 내고 수업을 받기 시작했다. 스승은 이렇게 페이스북 메신저 창처럼 예기치 못한 곳에서도 나타나기 마련이다. 나는 배우고 싶은 걸 망설이지 않고 배우기 위해 평소에 돈을 열심히 벌었다. 잘하고 싶은 일에는 무릇 네 가지를 써야 한다. 시간, 몸, 마음, 그리고 돈. 지금껏 글쓰기에 그 네 가지를 써왔는데 이제부터는 말과 노래에도 쓰고 싶었다.

　　무대에 서서 뭔가를 잘한다는 건 내 몸 주변으로 아주 따뜻한 원을 크게 그려나가는 일과도 비슷했다. 저 뒤에 앉은 사람에게까지 확실하게 닿는 부드러운 포물선을 그리는 작업이자 말과 노래의 부드러운 파장으로 행복한 막을 만드는 작업이었다. 말의 첫마디, 혹은 노래의 첫 소절에서 그 막이 잘 형성되기만 하면 실수할까 봐 두려운 마음도 사라진다는 걸 알게 되었다. 목 선생님을 만난 이후 나는 이따금 예전보다 더 커다랗고 따뜻한 기운의 원을 만들 수 있었다. 그런 황홀한 순간이 매번 계속되지는 않았다. 내 몸이 내 마음처럼 움직이지 않았기 때문이다.

　　내 마음처럼 내 몸을 움직이게 되려면 무수히 반복하는 수밖에 없었다. 뛰어난 스포츠 선수들처럼 말이다. 훈련이란 건 장르가 달라도 닮아 있는 구석이 많다. 별수 없이 정성 들여 계속하는 것만이 왕도다. 특별한 재능이 없다는 걸 알게 되면 그것을 덤덤히 받아들이게 된다. 나는 매주 레슨실로 가서 목 선생님의 피아노 반주에 맞춰 소리 내는 연습을 했다.

　　목 선생님과의 레슨은 다시 하는 것의 연속이었

다. 내가 한 소절을 불러본다. 선생님이 이렇게 저렇게 다시 불러보라고 제안한다. 나는 그것과 비슷하게 해보려고 노력하며 다시 불러본다. 잘 되지 않는다. 선생님은 새로운 방법들을 제안한다. 나는 상체를 앞으로 숙이고 불러보고 누워서 불러보고 스쿼트를 한 채로도 불러본다. 그러다가 아무렇게나도 불러보고 눈을 감고도 불러본다. 최대한 저항하면서도 불러보고 아주 미약하게도 불러본다. 어떤 날에는 잘하고 어떤 날에는 못한다. 그러다 보면 노래를 알다가도 모르게 된다. 가끔은 너무 많은 가르침을 머리로 기억하느라 몸이 경직되기도 한다. 구강의 모양도 신경 쓰고 발성의 투명함도 신경 쓰고 발음이 튀지 않도록 신경 쓰고 소리를 따뜻하게 유지하도록 신경 쓰다가 결국 아무것도 제대로 되지 않는 노래를 부른다. 이때 목 선생님은 나에게 요청한다. 일곱 살의 마음으로 노래를 부르라고. 누가 들을까 의식하지 말고 두려움 없이 오직 우주만을 생각하며 부르라고 말이다. 하지만 나는 일곱 살 때부터 두려움을 가지고 노래를 불렀다. 나 자신이 듣기 때문이었다. 카세트에서 흘러나오는 내 목소리를 스스로 얼마나 수없이 검열했던지. 나에게 노래는 늘 '잘 못할까 봐 두려운 무엇'이었다.

이런 나에게 목 선생님은 노래에 관한 수많은 규칙을 알려준 뒤, 어느 순간엔 다 잊으라고 말한다. 그 상태에서 작동되는 건 오직 몸에 새겨진 노래의 습관일 것이다. 목 선생님과 반복을 거듭하며 나는 '벽에 미친 할머니' 이야기를 떠올렸다.

그날부터 이 년간 이숙이 할머니는 온 집 안 벽을 수리하고 다시 칠하는 일에 매달렸다. […] 할머니는 자신의 벽이 진정한 벽, 위대하지도 하찮지도 않은 그저 벽이 되었으면 했다. 따라서 벽이 아닌 어떤 것도 허락할 수 없었던 이 년의 리모델링 공사 동안, 할머니는 벽에 나름의 단계들과 그에 상응하는 덕목이 있음을 배웠다. 가장 낮은 단계인 '특이한 벽'을 만드는 데는 약간의 용기가 필요하다. 그다음 단계인 '그럴듯한 벽'을 만드는 데는 어느 정도의 노련함이 필요하다. '뛰어난 벽'을 만드는 데는 많은 상상력이 필요하고, '완벽한 벽'을 만드는 데는 자신의 상상력과 노련함을 모두 버리는 겸손함이 필요하다. 하지만 가장 높은 단계인 '진정한 벽'을 만드는 데에는 약간의 용기만 있으면 된다.*

　나는 진정한 벽이 뭔지 모르고 진정한 노래가
뭔지는 더더욱 모르지만, 어떤 경지에 오른 사람이
자기가 배운 모든 것을 잊어버리고 아주 약간의 용기
만 내는 순간을 종종 봐왔다. 〈불후의 명곡〉에 출연
하여 〈슬픈 인연〉을 부르는 강부자의 모습이나, 노래
교실에서 홀로 우뚝 서서 시범을 보이는 나의 향자의
모습에서 말이다. 그 모습에 '통달'이라는 말을 바쳐
도 좋을 것 같다. 할머니들에게는 어떤 비결이 있는
가. 세월이라는 비결 말고 또 어떤 비밀이 있는가. 어
떤 노인들의 탁월한 노래는 왜 어떤 아이들의 탁월한
노래와도 닮아 있는 것인가.

　무대에서 노래하는 건 어떤 기분이냐는 질문에
프레디 머큐리는 대답했다. "관객들이 듣고 있고 모
든 관심이 내게 쏠리면 틀리려고 해도 틀려지질 않
아. 늘 내가 꿈꾸던 사람이 되어 있거든. 아무것도 두
려운 게 없어." 그 대답은 나를 너무 놀라게 한다. 나

*　이휘웅, 「벽에 미친 할머니」, 『Bastards』(2020년 강동호의
　전시 〈Bastards〉 연계 책자), 30면.

라면 정확히 반대로 대답할 것이기 때문이다. "관객들이 듣고 있고 모든 관심이 내게 쏠리면 안 틀리려고 해도 꼭 틀려버려. 나는 내가 꿈꾸던 사람이 아니라는 걸 알게 돼. 그게 너무 두려워."

그럼에도 불구하고 강부자와 정향자와 프레디 머큐리의 기분을 손톱만큼이라도 알고 싶다. 그래서 매주 목 선생님을 만나러 간다. 좋은 것들을 열심히 반복해서 몸으로 외운 뒤에 결국에는 다 잊어버리고 싶으니까. 생각하지 않고도 자동으로 좋은 게 흘러나올 때까지 말이다. 나에게 노래는 글쓰기보다 훨씬 번거로운 도구다. 노래를 부르는 것보다 노래에 관해 쓰는 게 더 쉽다. 하지만 어디선가 취미를 적어야 하는 순간이 온다면 밍실이나가 '노래'라고 적을 것만 같다. 이 취미 생활에서 나는 잘 알기 위한 노력과 잘 잊기 위한 노력을 동시에 하고 있다.

투 머치 러브 윌 킬 유

술자리에 끝까지 남는 자들은 누구인가. 그들은 남아서 무슨 이야기를 하는가. 나는 늘 먼저 일어나고 싶은 자였고 롱이는 무슨 일이 있어도 끝까지 남는 자였다. 그 시절 나에게 롱이보다 각별한 사람은 없었다. 좋아하는 사람이랑은 좀 무리해도 되지 않나? 그런 생각으로 나도 술자리에 끝까지 남았다.

남아보니 그들은 쓸데 있는 얘기와 쓸데없는 얘기를 몇 시간이고 계속할 수 있는 사람들이었다. 적적함을 멀리하고 유흥을 가까이하는 사람들이었다. 다만 오늘 밤을 재미있게 보내고 싶을 뿐인 사람들 말이다. 그 소박한 바람을 위해 그들은 시간과 돈과 체력을 흔쾌히 썼다. 웃긴 얘기, 자랑스러운 얘기, 어이없는 얘기, 쪽팔린 얘기를 기꺼이 풀었다. 그러다 몇 명이 꼭 갑자기 싸웠다. 빡쳐서 술잔을 내리치기도 하고 서러워서 울기도 했다. 너는 그게 문제라고 누군가가 말하면 내가 뭘 그렇게 잘못했냐고 누군가가 말하고 둘 다 너무 취했다며 그만하라고 누군가가 중재하곤 했다. 화해는 대충 성사되었고 술상은 빈 소주병과 매운 양념이 묻은 안주 접시로 어수선했다. 맘 상한 사람이 비틀비틀 떠나면 술상의 인원은 다시 줄고, 남은 사람들 중 하나가 쟤 술값 안 내고 갔다고 중얼거렸다.

나는 그때 꼭 술집 사장님께 영수증을 받아 와서 계산기를 꺼내 들고 술값을 n분의 1로 나눈 뒤 각자 내야 할 금액을 공지해주는 자였다. 그리고 룡이는 그때 꼭 노래방에 가자고 말하는 자였다.

노래방을 싫어하는 몇 명이 비틀비틀 떠나면 노래방을 좋아하는 취객들만이 남았다. 나는 노래방보다는 룡이가 좋은 취객이었다. 여덟 명으로 시작된 술자리의 인원은 서너 명으로 줄었다. 최후의 서너 명이 시끌벅적하고 삐까번쩍한 새벽의 유흥가를 가로질러 노래방에 갔다. 노래방은 대부분 지하에 있었다. 지난 몇 시간의 음주로 한풀 꺾인 체력들도 그곳에서는 새로운 활기를 얻었다. 고막이 욱신거릴 정도로 큰 볼륨의 반주와 곧이어 내 차례가 돌아온다는 압박과 설렘 때문일 것이었다. 나는 주로 후반부에 선곡했다. 그때나 지금이나 분위기를 휘어잡을 애창곡이 내게는 없었다. 반면 룡이에게는 늘 그런 곡이 있었다. 살면서 수많은 이들과 함께 노래방에 가보았지만 룡이만큼 다양한 레퍼토리를 가진 자는 아직까지 만나보지 못했다. 룡이가 〈도전 1000곡〉 같은 예능에 출연한다면 최소한 준우승은 할 것이었다.

그는 모두가 알 법한 노래부터 세상에 저런 노

래가 다 있었나 싶은 노래까지 자유자재로 넘나들며 노래했다. 물론 나도 노래했다. 하지만 내가 부르는 노래는 모두 롱이가 아는 노래였다. 롱이는 내가 나미의 노래를 어떻게 부르는지 알았다. 휘트니 휴스턴의 노래를 1절만 부르고 끈다는 것도 알았고 장기하와 얼굴들의 노래를 부르기 전에 세 키를 높인다는 것도 알았고 랩을 전혀 못한다는 것도 알았다. 나는 비교적 예측 가능했다. 롱이는 매번 새로웠다. 임재범의 노래를 깜짝 놀랄 박력으로 부르고 비틀스의 노래를 옥상 라이브 버전으로 완창하고 비와이의 랩을 하면서도 절지 않고 김수철의 숨은 명곡을 선곡하고 그모든 노래를 키 조절 없이 해내는, 너무나 노래방적인 사람이었다.

나는 노래방에서 롱이를 놀래키는 사람이 되고 싶었다. 그런 이가 롱이 앞에 등장할 때면 속절없이 부러웠다. 글쓰기 같은 게 도대체 무슨 소용인가 싶었다. 노래를 잘하는 게 제일 멋진 일인데 말이다. 내 노래는 정직하지만 재미없고 뻔했으며 어떠한 장악력도 없었다. 노래방에 갈 때마다 롱이가 모르는 사람이 되는 상상을 하곤 했다. 가창력과 장악력이 없는 자는 신선함으로만 승부할 수 있다. 롱이와 처음 만난 사람이라면 가능했다. 하지만 우리는 이미 셀수 없이 잦은 술자리와 노래방을 함께해보았고 롱이는 눈 감고도 노래방의 나를 그릴 수 있을 것이었다. 그러므로 노래방은 내가 나라는 사실에 가장 자주 절망했던 장소다.

나의 절망과 무관하게 인심 좋은 사장님이 끝도 없이 서비스를 주시는 바람에 노래방은 네버엔딩스토리로 계속되었다. 체력이 바닥난 내가 꾸벅꾸벅 졸때쯤 롱이는 퀸의 명곡을 선곡했다. 노래방에서 그 노래를 부르는 사람은 롱이뿐이었다.

Too much love will kill you
지나친 사랑은 널 죽일 뿐이야
If you can't make up your mind
마음의 결정을 내릴 수 없다면

푹 꺼진 소파에 앉아 그 노래를 듣다가 내가 왜 이 새벽을 견디는지 조금은 이해하게 되었다. 롱이에게 듣고 싶은 이야기가 남아서였다. 말로는 안 할 이야기들을 노래방에서 실컷 불러주는 게 나로서는 그저 반가웠던 것이다. 노래방이 아니라면 그 정도의 격정과 진심은 결코 드러나지 않는데 어떻게 노래방을 싫어할 수 있단 말인가. 룽이처럼 과묵하고 쑥스러운 자의 진심을 대신 전해주는 세상의 명곡들에게 어떻게 감사하지 않을 수 있단 말인가. 술도 마찬가지였다. 룽이는 술 없이 중요한 이야기를 시작하지 않는데 내가 어떻게 술자리를 먼저 떠날 수 있단 말인가. 그는 취하지 않으면 노래하지도 않는 자. 언제나 술과 노래의 힘을 빌리는 자. 나는 그런 룽이를 사랑해서 졸음을 참으며 소주도 노래방도 어찌어찌 꾸역꾸역 견디는 자. 하지만 룽이의 입을 통해 흘러나오는 퀸의 노래가 나를 조용히 타이르는 것 같았다. 새벽 세 시의 노래방에서만 확인할 수 있는 사랑을 언제까지 견디고 싶은지 묻는 것 같았다.

끝나지 않을 것 같던 서비스 시간마저 바닥나고 최후의 네 명이 노래방을 빠져나와 지하에서 지상으로 올라오면 어느새 해가 뜨고 있었다. 그렇게 일출을 맞이한 적이 백 번도 넘는 듯했다. 이 정도면 충분하다는 생각이 들었다. 나는 왠지 프레디 머큐리의 도움을 받아 룽이와 멀어졌다. 음주 가무의 시절도 막을 내렸다.

그래서 결국 술자리에 끝까지 남는 자들은 누구인가. 남아서 노래방까지 갔다가 퀭한 눈과 쉰 목으로 아침을 맞이하는 그자들의 마음은 어떠한가. 놀아도 놀아도 소진되지 않는 고독의 정체는 무엇인가.

　　이제는 나도 잘 모른다. 유흥에 무리하지 않는 사람이 되었으니까. 과음도 안 하고 밤도 안 새우고 소주는 입에도 안 댄다. 어느 자리에서든 먼저 가보겠다고 말하며 일어난다. 일어나서 규칙적이고 고요한 일상을 향해 지체 없이 걷는다. 이렇게 지루한 나랑 사귀느라 룡이도 참 고생이었다. 그렇게 음주 가무를 좋아하는 룡이랑 사귀느라 나도 참 고생이었다. 그 사랑을 더 했으면 서로의 수명이 줄었을 것만 같다. 우리가 너무 심하게 사랑하지 않은 것은 다행이다. 서로가 서로에게 아주 치명적으로 매력적인 상대가 아니었던 것도 다행이다. 거부할 수 있을 정도의 매력이란 얼마나 안전하고 때로는 감사한지. 이제 나는 멀찍이서 미적지근하게 그러나 진심으로 룡이의 행복과 건강을 기원하고 있다. 룡이도 마찬가지일 것이다. 룡이와 나의 만수무강을 바란다.

축가

자신 있는 일과 자신 없는 일 중에서 자신 있는 일만을 선택하며 살아가는 나지만 돈을 많이 주면 자신 없는 일도 기꺼이 한다. 남의 결혼식에서 축가를 부르는 일도 그중 하나다. 나는 음치가 아니지만 그렇다고 축가 부르는 사람으로 섭외될 만큼 노래 실력이 대단하지는 않다. 축가 부르기란 결코 자진하지 않을 종류의 일이다. 그러나 페이가 클 경우 이야기는 달라진다. 액수를 보는 순간 그 일을 감당하고 싶어지는 것이다. 없던 자신감이 불쑥 솟아오른다. 누군가가 나에게 이만큼의 예산을 책정했다면 분명 이유가 있을 거야. 내 노래가 그만큼 좋으시다는 거지. 그렇게 일을 덥석 수락하며 말한다. "큰 만족 드리겠습니다." 나는 돈과 함께 용감한 사람이 된다.

축가 선곡을 위해 신랑 신부와 한차례 미팅을 가졌다. 도시에 살고 예술계에 종사하며 정중한데 묘하게 웃긴 두 사람이었다. 그럴수록 소프트한 발라드나 팝송 말고 살짝 뽕끼가 함유된 노래를 불러드리고 싶었다. 그들에게 심수봉의 〈사랑밖엔 난 몰라〉를 부르겠다고 말했다. 전형적인 축가가 아니면서도 젊은 이들의 귀를 사로잡고 중장년층의 심금까지 울릴지도 모를 노래였다. 결혼식 일주일 전에 집에서 아이

패드로 건반을 쳐서 내 키에 맞게 반주를 만들었다. 간소한 재즈풍으로 편곡된 버전이었다. 나는 피아노를 제대로 배우지도 않았는데 어쩜 스스로를 위한 반주를 이렇게 뚝딱 만들까. 천재가 아닐까. 그런 생각을 하며 열 번 정도 노래를 불러본 뒤 결혼식에 참석했다. 긴 자주색 원피스를 입고 갔다.

코로나 초기의 결혼식장은 각종 방역 안내와 절차로 경직된 분위기였고 하객들은 서로 멀찍이 떨어져 눈인사를 주고받았다. 나는 맨 구석 자리에 앉아 웨딩 산업 스태프들의 유능함을 구경하며 식이 시작되기를 기다렸다. 신랑과 신부가 등장하자 사람들이 박수를 쳤다. 박수갈채 속에서 두 사람이 아주 느리게 식장 한가운데를 가로질렀다. 둘의 얼굴에 긴장이 역력했다. 지금 무슨 생각을 하며 걷고 있을지 알고 싶었다. 그러나 내가 잘 알지 못하는 두 사람이었다. 그때부터 모르는 것들에 대한 생각이 꼬리에 꼬리를 물고 이어졌다.

새삼스럽지만 나는 오늘의 신랑 신부도 잘 몰랐고 결혼식이 뭔지도 몰랐고 결혼이 뭔지는 더욱더 몰랐다. 어디 가서 축가를 불러본 적도 없었고 직접 녹음한 반주도 실은 엉성했고 노래 제목은 하필 〈사랑밖엔 난 몰라〉인데 사랑이라도 알면 그나마 다행이겠으나 사실은 사랑마저 잘 몰랐다. 이 자리에 섭외되기에는 내가 너무 덜 살았으며 그러므로 축가 수락은 여러모로 부적절했다는 판단이 설 무렵 점잖은 사회자의 준엄한 안내 멘트가 들려왔다.

"이어질 순서는 축가입니다. 축가를 불러주실 분은 '일간 이슬아'로 많은 이들에게 사랑받고 계신 이슬아 작가님이십니다."

그 순간 '일간 이슬아'가 부끄러웠다. 이슬아도 부끄럽고 부끄러운 이슬아를 무려 일간으로 발행한다는 것도 부끄럽고 신랑 신부와 하등 상관 없는 나의 프로젝트가 이 결혼식에서 잠시나마 언급된다는 것도 송구스러웠지만 나는 돈을 받은 프로이기 때문에 동요하지 않고 무대에 섰다. 과거의 무대들이 힘을 모아 허리를 펴주었다. 살면서 서본 누추한 무대, 커다란 무대, 실수한 무대, 알몸이었던 무대, 누워 있었던 무대, 입을 꾹 다물었던 무대, 아무도 대신해줄 수 없던 무대가 알게 모르게 내 뒤를 지탱하고 있었다. 정면에 보이는 신랑과 신부. 그들 뒤를 빼곡히 채운 가족들과 친척들과 친구들. 그것은 거대한 역사처럼 다가왔다. 잘 알지 못하지만 분명 아름답고 복잡할 그 모든 사회적 경제적 혈연적 관계들을 향해 첫 소절을 시작했다. 그대 내 곁에 선 순간… 그 눈빛이 너무 좋아…. 이게 얼마나 심하게 낭만적인 노래인지 그제야 알아차렸다. 어떤 노래는 중대한 자리에서 불러야만 가사를 실감하기도 한다. 애절한 노랫말과 뽕끼 섞인 멜로디와 나의 젊은 목소리가 식장에 울려 퍼졌다.

태어나기 한참 전에 발매된 노래를 낯선 결혼식에서 부르는 동안 내가 노인이기를 간절히 바랐다. 이슬아의 나이보다 심수봉의 나이에 더 가까워진 노인으로서, 사랑 말고도 많은 걸 알지만 돌고 돌아 사랑밖에 난 모른다고 말하게 된 노인으로서, 세월과 함께 이 노래를 진짜로 이해해버린 노인으로시 축가를 건네고 싶었다. 하지만 나는 겨우 스물아홉 살이었다. 스물아홉의 내가 사랑밖에 모른다고 노래할 때 어떻게 들렸을지, 하객들의 마음을 아직도 알지 못한다.

알지 못하는 채로 2절까지 꿋꿋하게 불렀다. 돈을 받고 약속한 자는 응당 그래야 한다. 미래의 나를 향해 까치발을 들고 축가를 부른 뒤 무대에서 내려왔다. 축가를 불러서 받은 돈의 십 분의 일을 축의금으로 내고 집으로 돌아왔다.

히트곡을 향하여

2018년, 세 여자가 이문세 예순 살 기념 콘서트에 다녀왔다. 그 여자들의 이름은 장복희, 홍은표, 김옥심이다. 장복희는 우리 엄마고 홍은표와 김옥심은 엄마의 친구인데 평소에도 아주 조용한 자들은 아니지만 이문세 콘서트 직후에는 유달리 흥분된 상태였다. 흥분 때문에 연말의 올림픽 경기장을 걸어 나오면서도 추위를 모르던 장복희가 말했다.

"이문세 완전 말벅지더라. 너무 섹시해."

장복희 옆에서 걷던 홍은표가 말했다.

"진짜 나는 이십대로 순간 이동한 기분이었어."

장복희와 홍은표 옆에서 걷던 김옥심이 말했다.

"너네가 그렇게 소리 지를 수 있는 애들인 걸 처음 알았어."

그들은 십만 원가량의 티켓값이 전혀 아깝지 않았다며 정말이지 행복한 연말 이벤트였다고 입을 모았다. 게스트도 없이 두세 시간짜리 공연을 혼자서 거뜬히 소화하는 이문세의 체력과, 음원보다 훌륭한 라이브 실력과, 느끼하지만 따뜻해서 어느새 맘이 사르르 녹게 되는 멘트와, 예순 살의 나이에도 활기 넘치는 신체 등에 대한 찬사가 이어졌다.

"자기가 두 번째 서른이라잖아."

그렇게 말해놓고 뭐가 좋은지 한참을 웃는 세

여자는 모두 오십대 중반이었다. 그들이 관람한 콘서트의 제목은 '이문세 The Best-서울'이었고 무대의 셋리스트는 제목에 걸맞게끔 이문세의 히트곡만으로 꾸려졌다.

"히트곡만 불렀는데도 두 시간이 넘는다는 게 말이 돼?"

집에서 누워 있던 내가 찬바람을 코트에 묻히고 돌아온 장복희에게 묻자 그는 마치 공연 관계자처럼 안타까워하며 증언했다.

"두 시간으로도 모자랐어. 아직 못 부른 명곡들도 남아 있었다니까."

얼마 후 나의 친구 요조를 만나 이 이야기를 전했다.

"울 엄마가 친구들이랑 이문세 콘서트 다녀왔는데 히트곡만 불렀는데도 두 시간이 넘었대. 두 시간으로도 모자랄 만큼 히트곡이 많았대."

차를 마시며 잠자코 듣던 요조가 말했다.

"내가 왜 공연하는 걸 무서워하는지 알겠어."

왜냐고 묻자 그가 대답했다.

"난 히트곡이 없잖아."

우리는 누가 먼저랄 것도 없이 깔깔댔다. 나는

물론 요조가 쓴 명곡들을 잘 알고 있지만 명곡과 히트
곡은 다를 수 있었다. 히트곡은 그야말로 히트를 친
곡이기 때문이다. 만약 이문세처럼 히트곡을 수십 개
씩 만든대도 난관에 봉착하게 된다. 게스트 없이 두
세 시간을 방방 뛰며 히트곡 메들리를 이어갈 체력이
과연 있는가?

"일단 말벅지가 되어야 해."

요조에게 내가 당부했고 언제나 그렇듯 우리는
운동을 꾸준히 하자는 결론에 다다랐다.

요조와 헤어진 뒤 집에 가는 길에 서점에 들렀
다. 그날의 서점에서는 운명적이게도 『히트곡 제조
법』이라는 책을 발견하게 된다. 요조한테 선물하라는
신의 계시인가 보다 하고 구매했지만 내가 읽느라 아
직도 선물을 안 했다. 『히트곡 제조법』의 저자는 영국
의 2인조 음악 그룹 KLF인데 그들이 서문에 쓴 진지
한 문장은 다음과 같다.

"우리가 제공하는 건 1위 히트곡을 제조하는 방
법뿐이다. 다른 건 없다. […] 거짓말도 하겠지만 우
리가 믿는 거짓말만 할 것이다."

이후 그들은 히트곡 제조법에 대한 진담인지 농
담인지 모를 조언들을 전개한다. "아무 일요일 저녁

에나 시작하라", "흡연자라면 담배 한 대 피우면서 송수화기를 들고 번호를 돌려라. 스튜디오 실장을 바꿔달라고 해라", "가장 간단한 방법은 히트곡 기네스북을 뒤적이며 이전 시대의 대히트곡 하나를 골라 오늘날의 옷을 새롭게 입혀 리메이크하는 것이다", "캐주얼하게, 아주 약간은 신비롭게" 등의 조언들이다.

이 책을 읽은 지 2년이 지났으나 나는 아직 아무런 히트곡을 쓰지 못했다. 뮤지션이라기보다는 작가에 더 가까워서인가. 혹은 이 책이 실용서라기보다는 훌륭한 유머집에 더 가까워서인가. 그사이 요조는 세 권의 책을 썼다. 세 권 모두 아름다운 책들이다. 그러나 내가 만약 『히트곡 제조법』을 제때 선물했다면 그의 운명이 송두리째 바뀌있을 수도 있다. 세 권의 아름다운 책 대신 세 개의 아름다운 히트곡이 쓰였을지도 모를 일이다. 요조의 노래를 떼창할 관객들 몇만 명이 콘서트에 몰려왔을 가능성도 배제할 수 없다. 하지만 그즈음 코로나 시대가 시작되었을 것이다. 무엇이 최선의 인생인지는 결코 알 수가 없다.

히트곡이 수두룩한 가수의 삶에 대해 생각하다가, 히트작이 수두룩한 작가의 삶도 상상한다. 가수의 팬들은 떼창을 해주지만 작가의 팬들은 떼낭독 같은 걸 해주지 않는다. 다행스러운 일이다. 누군가가 내 앞에서 내 글을 낭독하는 장면을 상상하면 약간 오금이 저린다. 이런 작가는 나뿐만이 아니다. 또 다른 작가 금정연 역시 "지옥은 내가 쓴 글을 끊임없이 읽어대는 코러스들로 가득한 곳"이라는 문장을 쓴 바 있다. 친구들은 종종 나를 괴롭히기 위해 면전에다 대고 일간 이슬아 원고를 낭독한다. 그럼 나는 귀를 막고 외친다. "아~~~ 안 들려! 안 들려!" 이 경험이 당혹스러운 이유는 소리가 되어 돌아올 거라고 예상하지 않은 채로 글을 썼기 때문이다. 소리가 될 줄 알았다면 대부분의 문장을 지웠을 게 분명하다. 한 편당 겨우 열 줄 정도의 문장만 남아 있을 것이다. 대체로 산문적인 나에겐 몹시 어려운 일이다.

그러나 산문적 자아를 임진강에 풍덩 빠뜨린 뒤 미련 없이 돌아오고 싶을 때가 있다. 그럴 때 노래를 만든다. 지금까지 다섯 곡을 만들었는데 그중 아무것도 히트를 칠 것 같지는 않지만 나는 노래 만드는 일을 좋아하는 것 같다. 가장 잘하고 싶은 일이 아니어서다. 그런 일은 자유를 준다. 즐거울 수 있는 만큼만 매달릴 자유 말이다. 글을 쓸 때는 그런 자유가 따르지 않는다.

잘하지 않아도 된다는 자유와 함께 글쓰기에서 노래 만들기로 도망을 친다. 도망쳐서 만든 노래가 많이 쌓인다면 소곡집을 만들 것이다. 언젠가 이문세처럼 두 번째 서른 살이 된다면 지금으로선 상상할 수 없는 곡들을 써봤을지도 모른다. 그중 하나쯤은 히트 곡일 수도 있다. 그렇다면 꼭 들려줄 것이다. 장복희와 홍은표와 김옥심에게. 요조에게. 짓궂은 친구들에게. 부끄러움 없이 떼창도 시킬 것이다. 그리하여 한 겨울에도 추위를 모르게 할 것이다. 그들이 원하는 시절로 순간 이동도 시킬 것이다.

비문학적 노래방

몇 년 전, 그러니까 5인 이상 집합이 가능했던 시대의 어느 날 여섯 명이 함께 노래방에 갔다. 어쩌다 보니 모두 출판계 인물들이었다. 소설가 두 명, 에세이스트 두 명, 시인 한 명, 편집자 한 명이 디귿 자로 된 소파에 옹기종기 모여 앉았다. 쓰는 글도 다르고 함께 일하는 출판사도 다르고 세대도 다른 여섯 명이었지만 취한 정도는 매한가지였다. 그 자리의 최연소 참여자로서 나는 몇 번째 순서로 노래를 불러야 지나치게 나서지도 빼지도 않는 사람으로 보일지 고민하며 취기를 다스렸다. 우리는 노래방에서 서로를 만난 적이 아직 한 번도 없었다.

첫 번째로 마이크를 든 사람은 삼십대 후반의 시인 O였다. 그가 먼저 나서리라고 짐작했으므로 다들 안심하며 노래방 책을 뒤적거렸다. 나머지가 느긋하게 자신의 첫 곡을 고르는 동안 시인 O는 타고난 용기를 발휘하여 〈네모의 꿈〉을 불렀다. 그 노래를 노래방에서 부르는 어른을 본 건 처음이었다. 특유의 졸싹거리는 발음으로 노래는 이어졌다. 하여간 왜 다 네모난 것들뿐인지 모르겠다는 내용이었는데 들으면 들을수록 시인 O가 작사 작곡한 것이 아닐까 싶을 정도로 찰떡같이 어울렸다. 심지어 그 노래를 부르는 그의 얼굴마저도 네모난 모양이었다. 시인 O에게 노래란 직유였다.

두 번째로 마이크를 든 사람은 오십대 초반의 소설가 J였다. 장신의 그가 성큼성큼 미러볼 아래로 걸어 나왔다. 비장한 반주가 흐르자 그는 커트 머리를 휘휘 털며 마이크를 쥐었다. 그러고선 멋진 롱다리를 넓게 벌린 채 본격 록발라드를 불렀다. 쩌렁쩌렁 기타와 우당탕탕 드럼 소리에도 소설가 J의 노래는 결코 묻히지 않았다. 반주를 쫙 뚫고 나오는 그의 목청이 불호령처럼 강렬한 나머지 나는 침을 꼴깍 삼키며 박수를 쳤다. 언니 소리가 절로 나오는 창법이었다. 옆에서 시인 O가 외쳤다. "누나 진짜 쩡난 이니다!" 소설가 J에게 노래란 기세였다.

세 번째로 마이크를 든 사람은 육십대 초반의 소설가 E였다. 그는 작은 보폭으로 걸어 나와 강수지의 〈내 마음 알겠니〉를 조심조심 불렀다. 가느다란 목소리였다. 들릴 듯 말 듯한 피리 같았다. 애절한 고음부에서도 함부로 내지르지 않았다. 음이 높아질수록 까치발을 들고 발가락에 힘을 주며 고운 소리를 지키는 것이 소설가 E의 시그니처 창법이었다. 곱고 미약한 소리로 그가 부른 후렴구는 흐느낌처럼 들리기도 했다. 옆에서 시인 O가 또다시 외쳤다. "누나 진짜 너무 슬프다!" 소설가 E에게 노래란 무엇보다 정서였다.

네 번째로 마이크를 든 사람은 오십대 초반의 편집자 H였다. 그는 전혀 긴장하지 않은 모습으로 걸어 나와 김광석의 〈잊어야 한다는 마음으로〉를 불렀다. 듣는 이들이 걱정 없이 나른해질 정도로 안정적인 노래였다. 하이라이트 부분에서도 호흡이 가빠지거나 음정이 떨어지는 일은 없었다. 숨을 충분히 쉬고 입도 충분히 벌리며 기복 없이 노래했다. 바이브레이션의 길이가 길고 파동이 일정해서 올드팝 가수를 떠올리게 했다. "꼭 카펜터스 창법 같아요" 옆에서 내가 말하자 편집자 H는 "권사님 창법이에요"라고 대답하며 한쪽 눈을 찡긋한 뒤 자리로 돌아갔다. 편집자 H에게 노래란 종교 생활로 다져진 여유였다.

다섯 번째로 마이크를 든 사람은 이십대 후반인 나였다. 이렇게 다양한 세대가 섞인 김에 세상에서 제일 유명한 사랑 노래를 부르기로 다짐한 나는 휘트니 휴스턴의 〈I Will Always Love You〉를 선곡했다. 도입부가 아주 섬세해서 한 음 한 음 집중해서 불러야 했다. 그동안 다섯 명의 문학인들이 숨죽여 듣고 있다는 게 느껴졌다. 그러다가 "앤다-이야"부터 모두가 떼창을 시작했다. 내 고음은 소설가 J의 고음에 즉시 묻혀버렸다. 그에겐 마이크도 없었는데 말이다. 바이브레이션은 편집자 H에게 묻혔고 주요 단어의 발음은 시인 O에게 묻혔다. 소설가 E는 눈을 감고 흐느끼듯 멜로디를 흥얼거릴 뿐이었지만 어쩐지 정서의 주도권은 그가 다 쥐고 있는 듯했다. 노래는 알아서 꽉 채워지고 있었으며 내가 꼭 해야 할 일은 이제 남아 있지 않았다. 나에게 노래란 슬며시 하는 퇴장이었다.

이 와중에 아무 소리도 내지 않고 성실히 탬버린만 치는 이가 있었으니 바로 작가 NK였다.

마이크를 넘기자 의사 겸 에세이스트인 작가 NK의 차례가 되었다. 삼십대 후반의 그는 자신이 정말로 음치라며 마이크를 거듭 사양했다. 옆에 있는 모두가 괜찮다고 했다. 그래놓고 또 잘할 거 아니냐고 면박을 주었다. 여러 매체에서 엄친아로 소개되곤 하는 NK가 손 땀을 바지춤에 닦으며 걸어 나왔다. 그는 "죄송합니다"라고 미리 사과한 뒤 두 손으로 마이크를 들고 노래를 시작했다. 모두 잠자코 NK의 노래를 들었다.

도입부에서 늘 한마디씩 던지던 시인 O가 이번만큼은 말을 잇지 못했다. "야, 너 진짜…(로 못 부르는구나)!" 두 번째 소절에서는 편집자 H가 손으로 입을 틀어막았고 세 번째 소절에서는 소설가 J가 "어떡해…"라고 중얼거렸다. 후렴구에 다다르자 다들 웃음 참기를 포기했다. 하이라이트 고음 부분을 듣고는 급기야 소설가 E가 눈물을 훔쳤다. 너무 심하게 웃은 나머지 안면 근육이 아파서 흐른 눈물이었다.

그때 그가 무슨 곡을 불렀는지 기억해보려 해도 잘 안 된다. 그 자리에 있던 누구라도 떠올리지 못할 것이다. 원곡의 형태를 알아볼 수 없을 정도로 노래가 변형되었기 때문이다. 4차원의 노래를 2차원에 구겨 넣는다면 그런 소리가 날지도 몰랐다. 모든 멜로디가 하나의 음으로 들려왔다. 그는 오직 한 개의 음 안에서 이게 최선이라는 듯이 노래했다. 혹은 원하는 게 있지만 옹알이 단계라 상세히 요구하지 못하는 신생아처럼 노래했다. 그러한 노래 실력이 믿기 어려웠던 나머지 문학인들은 한 곡을 더 요청했다. NK는 겸허히 수락하고는 다음 곡을 불렀다. 첫 번째 노래보다 조금 더 심각해서 다들 테이블을 양손으로 두드리며 웃었다. 웃다 지친 편집자 H가 물었다.

"음정이랑 박자를 이렇게까지 무시할 거면 아무 노래나 골라도 되는 거 아니야? 어차피 다 똑같이 이상하게 부를 것 같은데?"

NK는 마이크를 쥔 채 "그게 그렇지가 않습니다"라고 운을 떼며 말했다.

"저는 모르는 노래는 못 불러요."

시인 O가 의구심에 찬 얼굴로 말했다.

"하지만 아는 노래도 모르는 노래처럼 부르고 있잖아."

그러자 NK는 공손하게 설명했다.

"저에겐 그렇지가 않아요. 듣는 분들에겐 별 차이 없게 들릴 수도 있지만 저로서는… 아는 노래이기 때문에 이 정도로 부를 수 있는 겁니다."

다섯 명의 문학인들은 NK의 감각을 이해하기 위해 상상해보았지만 잘 되지 않는 것 같았다. NK는 이해받을 수 있을 거라는 기대 없이 소신 발언을 마무리했다.

"아무튼… 그렇습니다!"

뭔가를 잘하는 방식만큼이나 뭔가를 못하는 방식도 제각각이란 걸 NK의 노래를 들으며 알게 되었다. 그에게 노래란 무엇일지 감히 정의할 수 없었다. NK는 디근 자 소파로 돌아와 앉아서 중얼거렸다.

"즐길 수 없는 운명이면 피하는 게 맞는 것 같아요."

그러고선 다시 성실히 탬버린을 쳤다. 그가 얼마나 유창하고 유려하게 글을 쓰든 상관이 없는 장소였다.

네가 먼저 1절 불러

노래에 있어서 복희의 가장 큰 난관은 제목을 기억하는 일이다. 복희는 거의 모든 제목을 틀리게 말한다. 머릿속을 스치는 어떤 노래를 떠올리며 이렇게 묻는 식이다.

"그거 무슨 노래더라? 사랑… 뭐였지? 〈사랑이란 놈〉?"

그럼 내가 정정해준다.

"바비 킴의 〈사랑 그놈〉 말하는 거지?"

"응, 그거."

복희가 중년에 접어들며 기억력이 퇴화되었다고 생각할 수 있지만 그는 삼십대 때도 제목을 틀리게 말했다. 나는 초등학생 때부터 그가 개떡 같은 제목을 말해도 찰떡같이 알아듣는 딸이었다.

"윤종신이 만든 그 노래 좋더라. 〈피로〉?"

"윤종신의 〈탈진〉 말하는 거지?"

"응. 그리고 오랜만에 박화요비 노래도 듣고 싶어. 〈그럴 테면〉이었나?"

"화요비의 〈그런 일은〉이야."

복희는 노래를 텍스트로 기억하지 않는다. 뉘앙스로 기억할 뿐이다. 제목 따위 틀려도 개의치 않는다. 하지만 음정과 박자를 틀리는 건 역시 마음에 걸리는 모양이다. 그는 노래방에 가면 나에게 꼭 이렇게 말한다.

"네가 먼저 1절 불러. 기억했다가 2절 부를게."

나의 1절을 유심히 듣겠다는 의미다. 처음부터 혼자 부르기엔 음정과 박자가 헷갈리니 말이다.

인생을 통틀어 내 목소리를 가장 열심히 듣는 사람은 복희였다. 말뿐 아니라 노래하는 음성까지 포함해서다. 복희가 부르려는 노래가 언제나 나의 애창곡인 것은 아니지만 나는 그 노래의 음정과 박자를 대체로 숙지하고 있다. 복희가 선곡한 발라드는 예상을 크게 벗어나지 않는 범주 안에서 전개된다. 분명 새로운 곡인데 어디선가 들어본 듯하고 두 번쯤 불러보면 얼추 외울 수 있게 된다. 나는 복희보다 먼저 출발한다.

"그럼 내가 시작할게."

내가 첫 소절을 부르자 복희가 듣는다. 틀리지 않고 1절을 부르는 딸의 모습을 본다.

복희는 말하곤 했다. 너는 이미 다 자란 채로 태어난 것 같았다고. 모든 걸 알아서 해서 키울 때 품이 별로 들지 않았다고. 그래서인지 복희와 나는 오래전부터 친구였다. 초등학교 때 수업이 끝나면 두발자전거를 각자 몰고 바지락 칼국수를 먹으러 갔었다. 우리의 옷자락을 흔들던 봄바람을 지금도 기억한다. 배를 채우고서는 페달을 나른하게 굴리며 아파트 단지로 돌아왔다. 그 길에 종종 같은 반 친구의 엄마들을 마주쳤다. 엄마들은 우리를 보며 어쩐지 작은 탄성을 질렀다. "너무 부러워!" 마침 그들은 모두 아들을 키우는 엄마들이었다. 그들이 왜 그렇게 말했는지 그때는 알 수 없었다. 열 살의 나와 서른다섯 살의 복희가 숱 많은 머리칼을 흩날리며 어떤 실랑이도 없이 자전거 타는 모습이 얼마나 좋아 보였을지 이제는 알겠다. 그때부터 우리는 같은 드라마를 보고 같이 노래방에 다녔다.

드라마를 볼 때마다 복희의 애창곡이 업데이트되었다. 최근에 봤던 드라마에서 흐르던 OST를 노래방에서 선곡하는 복희였다. 〈위기의 남자〉를 볼 때는 JK김동욱의 〈미련한 사랑〉을 불렀고 〈해신〉을 볼 때는 김범수의 〈니가 날 떠나〉를 불렀으며 〈커피프린스 1호점〉을 볼 때는 애즈원의 〈White Love Story〉를 불렀다. 세월이 흘러 〈나의 아저씨〉를 볼 때는 손디아의 〈어른〉을, 〈이태원 클라쓰〉를 볼 때는 윤미래의 〈Say〉를 불렀다. 노래방에서 흐르는 드라마 OST의 간주는 복희의 감정을 새삼 고조시키는 듯했다.

나는 복희가 〈어른〉을 부르는 모습을 좋아한다. 〈어른〉의 후렴구는 복희에게 버거울 만큼 음이 높다. 복희는 언제라도 재채기가 터질 듯한 가성으로 그 노래를 부른다. "눈을 감아보면- 내게 보이는 내 모습- 지치지 말고- 잠시 멈추라고-." 복희가 가성을 쓰면 호소력이 더욱 짙어진다. 원곡보다 심하게 감정적인 노래처럼 들려온다. 내가 또 좋아하는 것은 〈미련한 사랑〉을 부르는 복희의 모습이다. 그 노래는 황신혜와 신성우의 로맨스 뒤에 깔리던 노래인데 위험하고도 중독적인 사랑의 정서가 흐른다. "헤어날 수 없는 미련한 사랑에 아- 조금씩 빠져가고 있어- 이렇게-."

복희가 그렇게 노래하면 나는 복희에게 무슨 일이라도 일어났으면 좋겠다고 생각했다. 그가 드라마틱한 로맨스를 겪으며 살기를 바랐다. 미련하지만 어쩔 수 없이 좋은 사랑을 했으면 했다.

자식을 키우는 건 영원한 짝사랑이라는 말은 복희의 오래된 대사다. 나는 복희에게 받은 만큼 돌려준 적이 없다. 복희가 틀려놓은 제목이나 정정할 뿐이다. 1절이나 선창할 뿐이다. 그런 나로부터 복희는 어떠한 부끄러움도 없이 배운다. 나에게서 배우는 게 당연하다는 듯이 내 음성을 듣는다. 노래방 안에서나 밖에서나 반복되어온 일이다. 내가 1절을 부를 때 그는 세상에서 가장 중요한 소리인 것처럼 듣고 있다. 복희가 살면서 해본 가장 미련한 사랑의 대상이 혹시 나일까 봐 걱정이다.

세월과 노래

사실 대부분의 사람은 타임머신을 만들 줄 안다. 크리스토퍼 놀런처럼 거창한 상상력과 막대한 자본을 들이지 않고도 가능하다. 노래가 그것을 가능하게 한다. 어떤 노래를 유심히 반복해서 들으며 한 시절을 보낸다면, 그 시간과 뗄 수 없는 BGM으로 흐르게 한다면, 노래는 그 자체로 타임머신이 된다. 여기에 필요한 것은 시간과 집중력. 그리고 세월이다.

패닉 3집을 들으면 2009년의 내가 되어 버스를 타고 첫사랑의 집에 놀러 간다. 젝스키스의 〈커플〉을 들으면 1998년의 내가 되어 스케이트를 신고 어린이대공원 아이스링크를 시계 반대 방향으로 회전한다. 버즈의 〈가시〉를 들으면 초등학교 5학년인 내가 4학년인 이찬희와 함께 팡팡 노래방에 간다. 슈퍼주니어를 들으면 2006년의 여자 기숙사 사생장이 되어 아침 여섯 시 반에 선후배를 깨운다. 크라잉넛을 들으면 변성기 목소리로 떠들어대던 고등학교 동창 남자애들의 땀 냄새가 코에 훅 밀려온다. 김일두를 들으면 대학생인 내가 되어 북아현동의 반지하 자취방에 산다. 그곳에서 과제를 하고 설거지를 하고 구제 옷을 즐겨 입고 이제는 결코 좋아하지 않을 법한 오빠들을 좋아한다. 얀 티에르상의 앨범을 들으면 2012년의 내가 되어 홍대 근처의 화실 한가운데로 입장한다. 그곳에서 옷을 벗고 타이머를 맞춘 뒤 누드모델로 일한다. 이문세의 〈끝의 시작〉을 들으면 우수에 찬 장복희와 낙엽 쌓인 가을 길을 걷는다. 그 길에서 복희는 아마도 내가 모르는 생각을 하는 것 같다. 레베카 슈거를 들으면 망원동의 기차 같은 월셋집에서 하마와 울다가 웃는다. 한 침대에 누워 끝없이 이어질 수도 있을 것 같은 수다를 떨다가 잠에 든다.

시간과 시간을 이어주는 힘에 있어서 음악은 다른 무엇과도 비교할 수 없다고 장기하는 말했다. 이 노래들 중 하나가 흐르기만 하면 길을 걷다가도 일을 하다가도 언제고 몇 번이고 과거로 가서 머문다. 머물 수는 있지만 바꿀 수는 없다. 시간의 흐름이 허용하지 않는 일이다. 이제는 그 노래로부터 꽤나 멀리 왔단 걸 알아차릴 때도 있다.

어느 연말, 조소정과 이재현이 우리 집에 놀러 왔다. 그들은 파주 살 적의 이웃이자 내 책을 함께 만드는 편집자들이자 내가 글쓰기를 가르치는 초등학생의 학부모다. 그러다가 저녁에 술과 음식을 들고 만나면 우리는 친구다. 서로의 이름을 부르며 술을 마신다. 술을 마시다가 노래를 한다. 코로나 시대엔 노래방에 갈 수 없기 때문에 집에서 부른다. 나는 코로나 이전부터 집에 블루투스 노래방 마이크와 노래방 조명을 구비해두었다. 술 취한 친구들의 노래를 듣는 걸 좋아해서다.

얼큰하게 취한 사십대 조소정은 잔나비의 〈나의 기쁨 나의 노래〉를 선곡했다. 조소정이 그 노래의 후렴구인 "거리를 나뒹-구는- 쉬운 맘- 되어-라-"를 부르는 순간을, 나는 특히 좋아한다. 그걸 부를 때의 조소정은 정말로 거리를 나뒹굴 수 있을 것처럼 취해 있기 때문이다. 바람에 나부끼는 낙엽처럼 이래도 좋고 저래도 좋은 사람처럼 보이기도 한다. 편집자나 학부모일 때의 조소정이라면 보여주지 않을 쉬운 마음이 우리 집 거실에 울려 퍼진다. 그 무렵 나는 조소정보다 더 취한 상태다. 우리는 어느새 어깨동무를 하고 서로에게 체중을 실은 채 3절을 함께 부르고 있다.

한편 조소정의 남편이자 조소정보다 더 얼큰하게 취한 이재현은 무엇을 부를지 한참 고민하다 라디오헤드의 노래를 선곡했다. 1995년에 발매된 곡 〈High and Dry〉였다. 내가 사귀었던 예민한 전 애인들, 그러니까 예술하는 남자애들이 노래방에 가면 심심찮게 부르는 노래이기도 했다. 물론 예술에는 죄가 없다. 라디오헤드의 노래 역시 무죄다. 사십대 이재현은 쑥스러워하며 〈High and Dry〉를 부르기 시작했다.

Don't leave me high, don't leave me dry
날 버리지 마, 날 외롭게 두지 마
Don't leave me high, don't leave me dry
날 버리고 가지 마, 날 떠나지 마

우직한 목소리로 이재현은 가사를 자주 틀려가며, 진성과 가성을 힘겹게 넘나들며 끝까지 불렀다. 그리고 마이크를 내려놓았다. 처음보다 더 쑥스러워진 얼굴로 그는 말했다.

"오랜만에 이 노래를 부르는데… 이걸 지금 부르기엔 내가 너무… 너무….'"

이재현이 말을 잇지 못하자 그의 아내 조소정이 물었다.

"너무… 뭐?"

이재현은 양손으로 얼굴을 가리며 대답했다.

"이 노래를 부르기에 이젠… 내가 너무… 강해진 것 같아!"

조소정과 내가 큰 소리로 웃었다.

이재현은 "아무래도 내가 너무 현실적으로 변했나 봐"라고 말하며 복잡한 표정을 지었다. 조소정은

가물가물 기억을 더듬었다.

"그러게. 재현 씨가 아주 옛날에 노래방에서 이 노래 불렀는데. 그때 위태롭고 불안해 보였던 게 기억나네."

그날의 술자리에서 나는 몽롱한 정신으로 생각했다. 라디오헤드를 부르기엔 너무 강해진 혹은 너무 현실적으로 된 사람에 대해. 1995년의 노래를 2020년에 부르며 그것을 새삼 알아차린 중년에 대해. 그가 얻은 것은 무엇이고 잃은 것은 무엇인가. 이십 년은 얼마만큼의 세월인가.

변한 것은 이재현뿐만이 아니다. 그 노래를 작사, 작곡한 라디오헤드의 톰 요크 역시 변했다. 중년이 된 톰 요크는 비건으로서 환경운동을 전개한다. 로큰롤과 비거니즘을 함께 이야기하는 할아버지가 된 폴 매카트니처럼 말이다. 조소정과 이재현은 톰 요크가 추천사를 쓴 환경 관련 책을 편집하고 출판했다. 내 눈에 이재현은 2020년 기준 파주에서 제일 귀여운 아저씨다.

그런가 하면 어제 일처럼 여전한 노래도 있다. 이제는 종영된 EBS 〈이스라디오〉에서 나는 매주 다양한 글을 낭독했다. 하루는 '동창과 유흥'이라는 제목의 글을 읽었다. 중학교 동창들과 십 년 만에 같이 노래방에 갔다가 한국식 유흥의 허무함을 안고 집에 돌아오는 이야기였다. 그 글이 방송되자 한 명의 청취자로부터 답장이 도착했다. 익산에 사는 김성은 선생님이 써주신 답장이었다. 선생님은 시각장애인이고 수필을 쓰는 작가이다. 일간 이슬아의 구독자이기도 하다. 그분이 시각장애인 독자로서의 어려움을 알려주신 덕분에 일간 이슬아에 낭독 코너가 생기기도 했다. 선생님께서 보내주신 글은 조용한 익산에서 일상을 보내다가 아주 오랜만에 서울에 왔던 날에 쓴 것이었다. 중학교 동창들과 노래방에 다녀온 이야기다. 그 글의 일부를 이곳에 옮겨 적는다.

나에게 오후 여덟 시쯤의 산책은 그 자체가 일탈이었다. 외국인들로 붐비는 이태원 거리의 풍경은 시골 맹인을 현혹하기에 충분했다. 터키 음식 냄새가 골목에 가득했고 국적을 알 수 없는 젊은이들이 살벌하게 싸움판을 벌이기도 했다. 친구 집에서 하루 묵기로 한 우리는 작심하고 거리를 쏘다녔다. 내친김에 노래방을 찾았다. 중학교 때 애창하던 노래를 마흔 넘은 아줌마들이 부르고 있었다. 친구들의 목소리는 여전했다.

신기하게도 열다섯 살 느낌이 그대로 남아
있었다. 재미있고 흥겨운 현장에서 뜬금없이
눈물이 났다. 목청을 돋우며 재빨리 눈물을
닦았다. 내 표정을 알 리 없는 친구들은 탬버린을
흔들며 깔깔거렸다.

　이 글은 내 마음속에서 잊히지 않는다. 냄새와
소리에 집중하며 들뜬 맘으로 낯선 거리를 걷는 선생
님의 모습을, 짤랑대는 탬버린과 깔깔대는 친구들과
신나는 노래 사이에서 재빨리 눈물을 훔치는 선생님
의 모습을, 보지 않아도 헤아릴 수 있기 때문이다. 흥
겨운 곳에서 홀로 잠시 서글픈 사람. 와자지껄해서
더욱 커다래지는 고독을 마주한 사람. 눈물을 닦고
더욱더 크게 목청을 돋우는 사람….

　선생님 귀에 들려왔을 친구들의 노랫소리를 상
상한다. 지금껏 나는 노래방에 백 번도 넘게 갔지만
시각장애인에게 그곳이 어떤 공간일지는 한 번도 상
상하지 않았다. 보지 못하는 상태에서 노래를 듣고
부른다는 게 무엇일지 알 수 없었다. 김성은 선생님
의 듣는 능력은 볼 수 있는 사람보다 몇 배나 발달되
어 있을 것이다. 청각 정보에 고도로 집중하는 훈련
을 해오셨으니까. 그런 선생님 옆에서 중학교 동창들

이 노래를 부른다. 마흔 살에 다시 부르는 열다섯 살의 애창곡들이다. 삼십 년의 세월이 흘렀는데 선생님에게는 꼭 어제 일처럼 들린다. 이보다 더한 타임머신이 있을까.

노래는 우리 마음을 뒤죽박죽 휘젓는다. 과거와 현재를 넘나들게 해서다. 노래를 듣고 부르다가 문득 알게 되는 것이다. 우리가 얼마나 많이 변했는지. 어떤 점에선 하나도 변하지 않았는지. 어쨌거나 시간은 계속 흐른다. 지금 듣고 있는 노래로 미래의 내가 시간 여행을 하고 있을지도 모르겠다.

노래를 본다는 것

손으로 노래를 그리는 사람들이 있다. 그들은 손가락과 손등과 손바닥으로, 콧잔등과 입술과 볼과 눈썹으로 노래를 옮긴다. 그게 바로 수어통역사들이 해내는 일이다. 하루는 수어통역사와 나란히 무대에 섰다. 무대에서 내가 소리 내어 부른 노래 가사는 이것이다.

　　"나이를 먹는 것은 두렵지 않아. 상냥함을 잃어가는 것이 두려울 뿐."*

　　이때 수어통역사님은 내 오른편에 서 계셨다. 나이를 먹는 것은 두렵지 않다고 내가 노래하자마자 그가 물 흐르듯 양손 검지를 흐르게 하더니 두 손바닥을 부르르 떨고선 두렵지 않다는 표정으로 손사래를 쳤다. 상냥함을 잃어가는 것이 두려울 뿐이라고 내가 노래하자마자, 그가 오른손 새끼손가락을 턱끝에 살짝 톡톡 친 뒤 상심하듯 고개를 숙였다. 그리고 아까처럼 양손을 편 뒤 고개를 끄덕였다.

　　이 장면은 국회의원 장혜영의 2021년 의정보고회 풍경 중 하나다. 노래하는 동안에는 관객들을 바라보느라 수어통역사가 어떻게 움직이는지 볼 수가 없었다. 공연이 다 끝나고 유튜브에 업로드된 영상을

---

*　　장혜영의 노래 〈무사히 할머니가 될 수 있을까〉.

보고 나서야 그가 나와 함께 노래하고 있었음을, 어쩌면 나보다 더한 노래를 그가 하고 있었음을 알게 되었다.

다음 소절에서는 내 왼편에 있는 장혜영 의원과 내가 동시에 이렇게 노래한다.

"흐르는 시간들이 내게 말을 걸어오네. 라라라 라라라 라라라 라리랄라."

우리가 '라라라' 하고 노래할 때 수어통역사는 검지를 입에 가져다 댔다가 선율에 맞춰 그 손가락이 천천히 멀어지게 했다. 노래가 입에서 퍼져나가듯이. 리듬을 타고 흘러가듯이. 노래라는 게 볼 수 있는 무언가가 되는, 음성 언어에서 시각 언어로 확장되는 순간이었다.

노래라는 경험이 과연 듣는 것이기만 할까? 이 질문은 동료 작가 이길보라에게서 나에게로 옮겨왔다. 글을 쓰고 영화를 만드는 청인 이길보라는 농인 부모 사이에서 태어난 자녀다. 그는 코다(CODA, Children of Deaf Adults)로서 비장애 중심 사회와 청인 중심 사회에 이렇게 질문한다.

손, 얼굴, 신체에 의해 만들어진 멜로디와

리듬은 '음악'으로 분류될 수 있는가? 영화 [〈리슨〉]는 '음악은 듣는 것'이라는 관념을 전복한다. 등장인물은 침묵 속에서 '음악'을 시각적으로 그리는 시도를 한다. 다양한 얼굴 표정과 수어로 시각적 음악을 만든다. […] 시각적으로 풍성하고 풍부한 이 장면은 농인에게 소리란 어떤 것인지, 음악은 어떤 개념으로 해체되고 재구성되는지 보여준다. 청인으로 살아온 내게 '음악'이란 무엇인지 묻는다.[*]

이길보라의 질문과 함께 나는 수어의 아름다움을 생각하고 동시에 얼마나 더 많은 곳에 수어가 필요한지를 생각한다. 수어통역을 제공받을 권리는 농인의 기본권이자 정보접근권이다. 더 많은 화면에, 더 많은 장소에 수어통역이 있어야 한다. 들을 권리만큼이나 볼 권리도 폭넓게 촘촘히 보장되어야 한다. 이길보라의 문장에 따르면 "수어는 얼굴 표정을 보지 않으면 무슨 말인지 알 수 없는 언어다. 얼굴 표정이 의미 전달의 절반 이상을 차지한다". 수어통역사

[*] 이길보라, 『당신을 이어 말한다』, 동아시아, 2021, 28-29면.

가 나보다 더한 노래를 하고 있다고 느낀 것도 그래서다. 노래는 수어통역사의 손과 이목구비를 통해 시각 정보가 되어 농인들에게도 가닿는다.

『아무튼, 노래』를 쓰면서 물리학자 김상욱 교수의 『떨림과 울림』 속 문장을 가슴 한쪽에 품고 있었다. "세상은 볼 수 없는 떨림으로 가득하다." 우주와 빛과 소리와 진동에 대한 그 은유에 나는 매료되었다. 노래 역시 보이지 않는 떨림 중 하나라고 생각했다. 이 생각도 얼핏 아름다운 은유처럼 느껴졌으나 청인들의 사회에서만 유효한 은유일 것이다.

이제 나에게 노래는 '볼 수 있는 떨림'으로 다가온다. 수어통역사와 힘께 노래하고 난 뒤에 얻은 감각이다. 농인들에게 내 노래가 품은 내용을 어떻게 전할 수 있을지 생각한다. 내가 만든 노래를 손과 표정으로 직접 그릴 수 있게 된다면 좋겠다. 청사회와 농사회를 부지런히 오가는 말과 글과 노래를 해낼 수 있다면 좋겠다. 노래를 어떻게 시각화할 것인가? 들을 수 없는 이들에게도 떨림이 될 노래를 상상하며 가슴에 품었던 문장을 이렇게 바꿔 적고 싶다.

'세상은 들을 수 없는 떨림으로도 가득하다.'

허전하고 쓸쓸할 때 내가 너의 벗 되리라

아흔세 살의 남자가 있었다. 노년에도 영자신문을 읽고 교회 카페 게시판에 감사 일기를 쓰는 사람이었다. 유튜브에 '이슬아'를 검색해서 영상을 시청하거나 어플로 나의 라디오 방송을 찾아 듣는 노인이기도 했다. 그가 아직 걸을 수 있었을 때 짧은 산책을 함께 한 적이 있다. 걸을 수 없게 되고 나서는 침대에 누운 그의 손을 꼭 잡고 도란도란 대화했던 기억이 난다.

그의 이름은 동원이고, 동원은 내 오래된 연인이자 친구인 하마의 할아버지다. 하마를 사랑한다는 점에서 동원과 나는 비슷한 이들이었다. 계절에 한 번씩 동원에게 안부 문자를 보내곤 했다.

"할아버님, 어느덧 가을이에요. 잘 지내시나요? 파주에서 삽교로 안부를 전해요."

그럼 한나절 만에 정갈한 답장이 돌아왔다.

"사랑하는 슬아. 나는 나의 손자가 슬아를 알게 되고 사랑하게 된 사실에 만족한단다. 세상에 있는 복 몽땅 받아라."

세상에 있는 복을 몽땅 받으라니 어디에서도 못 들어본 축복의 말이었다. 가끔은 내 낭독 방송을 듣고 짧은 후기를 보내주시기도 했다.

"풍부한 언어의 잔칫상이구나."

성탄절에 영어로 "Merry Christmas and Happy

New Year♡" 하고 인사하는 것도 잊지 않으셨다. 맞은편에 앉은 하마와 나란히 사진을 찍어서 전송하면 동원은 답장했다. 영원히 건강하고 행복하라고. 내가 만나본 할아버지 중 가장 단정한 사람이었다. 그는 1929년에 태어나 2021년 여름까지 살았다.

　　장례는 충남 예산에서 치러졌다. 늦은 저녁 서울에서 강연을 마치자마자 옷을 갈아입고 차를 몰았다. 가는 길이 어두컴컴했다. 인적 드문 시골길을 달리자 벌판 위에 덩그러니 지어진 장례식장이 보였다. 남루한 곳이었다. 자정 넘어 도착한 터라 식장은 조용했다. 상주들도 잠에 들고 육개장과 편육과 꿀떡 또한 회색 식기 안에서 식어 있었다. 오직 두 사람이 지키는 빈소. 하마의 아버님은 주무시고 하마는 잠시 자리를 비운 사이. 홀로 신발을 벗고 들어가 동원의 영정 사진 앞에 앉았다. 그가 은퇴했을 무렵 그러니까 두 번의 전쟁과 해외 파견 생활을 겪고 돌아와 고향에 정착했을 즈음에 찍은 사진 같았다. 사진 속 동원은 중년처럼 보였다. 마지막으로 봤을 때보다 훨씬 더 단호한 인상이었다. 꾹 다문 입매가 조금은 고집스럽게 느껴졌다. 그 얼굴에서 하마의 모습을 찾을 수는 없었다. 하마는 언제나 부드러운 인상인데…. 그런 생각을 하고 있을 때 상복을 입은 하마가 다가왔다.

　와줘서 고마워.

　그렇게 말하며 나를 안아주었고 나는 걔 옆얼굴을 매만졌다. 슬퍼 보였고, 지쳐 보였다. 그 와중에 검은 정장을 입은 태가 멋졌다. 이마 위로 서너 가닥 흘러내린 잔머리도 멋스러웠다.

　예쁘네.

　내가 말했다.

　사실 우리는 얼마 전에 헤어졌다. 각별한 사이라는 게 달라지지는 않았지만 말이다. 동원은 우리가 헤어진 걸 모른다. 아마 쭉 사귀다가 결혼도 하고 아이도 낳을 거라고 짐작하셨을 것 같다. 우리의 삶이 어떻게 흘러갈지 알 수 없지만 나는 하마를 좋아하지 않는 나를 상상하기 어렵다. 연애가 끝나도 우리가 더 나이가 들어도 그를 응원할 것이다. 그로부터 무언가를 보고 배우는 일을 멈추지 않을 것을 안다. 그래서 깨끗한 마음으로 동원의 영정 사진 앞에 설 수 있다.

　동원에게 향을 피워 바쳤다. 손을 모으고 눈을 감고 고개를 숙이고 마음속으로 말했다.

할아버님, 편안하시면 좋겠어요.

그리고 힘주어 기도했다.

멀리서도 하마를 사랑해주세요. 마르지 않는 용기를 주세요.

한참을 그러고 있다가 눈을 떴다. 하마가 나를 보고 있었다.

배고프지?

내가 그렇다고 대답하자 하마는 접시에 떡을 넉넉히 덜어 왔다. 나는 미리 챙겨 온 과일과 옥수수를 가방에서 꺼냈다. 평소에도 고기를 먹지 않지만 장례식장에서는 더더욱 내키지 않았다. 누군가의 살 아닌 것으로 허기를 달랬다. 천천히 꼭꼭 씹어 먹는 나를 하마가 바라보았다. 나도 그런 하마를 바라보았다. 허전하고 쓸쓸한 얼굴이었다. 동원이 요양병원에서 마지막을 보낼 때 하마는 종종 그와 통화를 했다. 부드러운 목소리로 할아버지, 저 하마예요, 인사하고선 꼭 다정하게 덧붙였다. 할아버지 손자요. 혹시나 흐려졌을지도 모를 동원의 기억에 초롱불을 켜듯이 그 말을 건네는 것이었다. 당신의 벗이 여기에 있다는 걸 알리던 하마. 하지만 당신이 거기에 없게 된 지금 무슨 말을 할 수 있을까. 조용한 하마의 손등을 쓰다듬었다.

식장의 2층에는 유가족들을 위한 작은 방이 마련되어 있었다. 너무 외진 곳이라 근처에 모텔도 없고 내일 아침 일찍 발인도 봐야 하니까 그곳에서 잠깐 눈을 붙이기로 했다. 정말이지 낡고 오래된 방이었다. 둘이 들어가 짐을 풀고 옷을 갈아입고 몸을 씻었다. 하마가 얇은 이불을 깔아주었다. 형광등을 끈 뒤 닳고 닳은 이불 위에 나란히 누웠다.

이런 것을 같이 하는 것은 너무나도 익숙했다. 지난 몇 년간 우린 온갖 방에서 함께 자보았다. 마포구의 월셋집에서 수도 없이 함께 잤고 강릉과 영월의 숙소에서도 제주의 캠핑카에서도 함께 잤으며 파리와 호이안의 호텔에서도 함께 잤다. 그런데 왠지 제일 기억에 남는 건 병원에서 함께 잔 밤들이다.

하마는 종종 크게 아팠다. 간이침대에 머물며 하마를 돌본 나날은 언제고 생생하게 기억할 수 있다. 통증이 어찌나 심했던지 하마는 밤이 되어도 쉬이 잠들지 못했다. 걔가 겨우 잠들 때까지 얼굴과 머리칼을 한참 매만져주었던 게 생각난다. 입원이 길어진 사이 하마의 머리는 많이 길었고 며칠간 못 감아서 머리에 기름기가 흘렀는데 그런 건 아무래도 상관없었다. 뾰족뾰족 자란 수염도 문제가 아니었다. 수술 후유증을 이겨내는 큰일에 비하면 말이다. 따뜻하게 적신 수건으로 그의 온몸을 세심히 닦으며 연신 말했다. 내가 옆에 있어. 남은 인생이 아직 길어. 할 수 있는 일들이 아주 많아.

그때 나는 곧은 자세로 병실과 복도를 씩씩하게 걸어 다녔다. 두 평도 안 될 침대 주변을 말끔히 치우고 깨끗이 세수하고 머리를 단정히 묶은 채로 지냈다. 누추하고 어려운 곳에 있을수록 그래야 한다는 걸 알기 때문이었다. 우리 할머니는 할아버지를 간병하느라 삼 년이나 병원에서 살았다. 할머니가 자신의 남편을 얼마나 정성껏 매만지고 씻겼던지 할아버지 몸에서는 거의 윤이 났다. 그런 것들이 쌓이고 쌓여 계속하고 싶어지는 게 삶이라고 생각했다. 소독약 냄새가 밴 좁은 침대에 누워서 하마와 내 삶이 오래오래 이어지기를 바랐다.

지금 여기. 장례식장의 2층은 우리가 함께 누워본 곳 중 가장 남루하고 누추한 방이었다. 어둠 속에서 눈을 깜빡였다. 창밖에서 늦여름 바람이 불어왔다. 하마가 말했다.

달이 엄청 밝아.

돌아누워보니 헤어진 애인의 얼굴이 달빛에 빛나고 있었다. 불 꺼진 방에서도 다 보였다. 친근한 체

취 때문에 금세 졸음이 몰려왔다. 눈을 감은 채로 내가 물었다.

나 가끔 피곤하면 코 골잖아.

응.

싫지 않았어?

하마가 대답했다.

한 번도 안 싫었어.

내 입꼬리가 씩 올라갔다. 몇 초 뒤 하마가 짐짓 화난 척을 하며 물었다.

새로 만나는 애가 혹시 뭐라고 해? 그거 가지고?

나는 푸하하 웃으며 아니라고 대답했다. 그러다가 되물었다.

뭐라고 하면 어쩔 건데?

하마는 웃는 채로 한숨을 쉬었다.

내가 뭘 어쩌겠어.

그러고선 아주 그냥 세게 입을 맞추는 것이었다. 멀리 가는 사람을 마지막으로 꽉 껴안아보는 듯한 뽀뽀였다. 마중 말고 배웅을 위한 입맞춤. 그런 개가 좋아서 괜히 크게 불러보았다.

야, 친구!

그가 심드렁하게 대답했다.

응.

야, 나랑 헤어진 애!

그러자 그도 피식 웃었다.

기세를 이어가기 위해 내가 갑자기 노래를 시작했다.

나는 너의- 영원한 형제야아-

그것은 윤복희의 〈여러분〉. 너무 비장해서 평소라면 부를 엄두도 못 낼 노래였다. 과장된 내 목소리에 하마가 또 웃었고 나는 계속했다.

나는- 너의- 친구우우우야- 워어어어-

살아 있는 사람이라곤 오직 우리 둘뿐인 장례식장 2층에 내 음성이 울려 퍼졌다.

나는 너의- 여엉원한- 노래야아-

거기까지 부르고 나니 어쩐지 뭉클한 마음이 들었다. 이러려고 부른 게 아닌데. 분명 웃기려고 시작했는데.

나는 나는 나는 나는 너의 기쁨이야….

주책맞게 목이 메었다.

진심으로 너의 기쁨이 되고 싶어서였다.

가사들이 입 밖에 나오자 모를 수 없게 되었다. 이게 얼마나 커다란 우정의 노래인지. 불러보기 전엔 진짜로는 알 수 없던 마음이었다. 하마와 나 사이에 마지막까지 남을 문장이 그 노래에 있었다.

나는 너의 친구야.

그것이 연애보다 오래가는 무언가라는 걸 둘 다 알았다. 하마가 내 등을 쓸어주었다. 동원이 죽고 없는 세상에서 나란히 달빛을 받으며 잤다. 우리는 헤어졌지만 그건 고작 연애가 끝났다는 의미였다. 연애이후에도 우정은 계속될 것이다. 연애 이전부터 있던 것이니까. 네가 서러울 때 눈물이 되겠다는 게, 허전하고 쓸쓸할 때 벗 되겠다는 게 얼마나 긴 약속인지를 그날 새벽에 배웠다.

발인 예배는 아침 일찍 시작됐다. 동원의 이웃집에 살던 할머니들이 찾아와 찬송가를 불렀다. 하늘가는 밝은 길이 내 앞에 있으니… 슬픈 일을 많이 보고 늘 고생하여도… 하늘 영광 밝음이 어둔 그늘 헤치니…. 노래 사이사이 서글프게 흐느끼는 할머니들의 뒷모습을 보았다. 그들은 동원이 사십 년간 다닌 교회의 신도들이었다. 다 비슷한 노인처럼 보여도 그들과 동원 사이엔 나이 차가 있을 것이다. 누군가에게 동원은 몹시 젠틀한 교회 오빠였을지 모른다. 일요일마다 동원을 만나는 게 잔잔한 기쁨이었을 이들의 노랫소리를 들었다. 들으며 동원과 나눴던 대화를 생각했다. 한 달 전의 통화에서 나는 물었다.

"할아버님, 무슨 노래 좋아하세요?"

전화기 너머로 동원이 기억을 더듬는 소리가 들렸다. 요양병원 침대에서 생각해본 적 없는 질문이었을 것 같다. 몇 초 후 그가 희미한 음성으로 대답했다.

"프랭크 시나트라를 좋아했지. 〈My Way〉 자주 들었어."

나는 조금 놀라면서 약속했다.

"그러셨구나. 제가 다음에 불러드릴게요."

그게 동원과의 마지막 대화였다. 정말로 불러드렸다면 좋았을 것이다. 임종 때 가장 마지막까지 남는 감각이 청각이라는데, 내가 노래를 미루지 않았다면 참 좋았을 것이다.

찬송가가 끝나자 하마가 영정 사진을 들었다. 하마의 발치에는 동원과 합장하기 위해 고이 모셔둔 할머님의 유골함이 놓여 있었다. 식구가 적은 장례라 그것을 들 손이 부족했다. 망설이지 않고 얼른 가서 소중히 안아 들었다. 동원의 영정 사진을 든 하마와 그의 아내의 뼛가루를 든 내가 나란히 걸었다. 식장에서 운구차까지 짧은 길이었지만 하마의 뒤를 지키며 걸었다.

화장터에서 하마는 말했다.

삶을 구석구석 살고 싶어.

이렇게도 덧붙였다.

대충 살지 않고 창틀까지 닦듯이 살고 싶어.

허전하고 쓸쓸한 날에 그렇게 다짐하는 하마를 이해할 수 있었다. 죽음 곁에서 다져지는 생의 의지를 알아볼 수 있었다. 그와 함께 구석구석 사는 벗이 되고 싶었다.

모를 거야 누나는

이찬희는 나랑 가장 비슷하게 생긴 타인이다. 그의 얼굴은 뭐랄까 살짝 날카로운 버전의 나처럼 생겼다. 우리는 눈도 닮고 코도 닮고 입도 닮았는데 내가 스물네 살 때 첫 웹툰 연재로 돈을 벌어 치아 교정을 하게 되면서 입 모양이 서로 달라졌다. 하지만 그것도 잠시. 두 번째 웹툰 연재로 번 돈을 이찬희의 치아 교정을 위해 씀으로써 금세 다시 비슷한 입 모양이 된다. 같은 부모에게서 태어나 같은 치아 구조로 살다가 같은 치과에서 교정을 받았으니 당연한 일이다. 우리가 동시에 웃으면 사람들이 놀란다. 유사성에는 사람들로 하여금 눈 씻고 다시 보게 만드는 속성이 있나 보다. 그 밖에도 손 모양과 발 모양, 작은 귀, 숱 많은 검정 머리칼, 옷걸이 모양의 어깨 등이 닮았다. 그렇다고 서로를 속속들이 아는 건 아니다. 다만 지랄맞은 애들임을 안다. 서로에게 처음으로 가르친 게 폭력이니까. 누가 먼저랄 것도 없이 치고받고 침 뱉고 욕하고 갈기며 유년기를 보냈다. 찬희 외에 누구와도 그런 식으로 싸워본 적 없다. 진정으로 씩씩대며 주먹질하는 내 모습을 본 사람은 오직 찬희뿐이다.

　이제 그는 음악가처럼 보인다. 그에게도 내가 작가처럼 보일 것이다. 하지만 우리가 거의 하나도 자라

지 않았다는 걸, 사실은 언제까지나 어린애라는 걸 찬
희는 분명 알 듯하다. 우리는 더 이상 싸우지 않는다.
걱정하거나 칭찬하거나 놀릴 뿐이다. 놀려도 될 것 같
은 사람만을 놀리는 나와 달리 거의 대부분의 주변인
을 죄다 놀려먹는 걔를 보면 배짱도 좋구나 싶다. 자
기 자신은 물론이고 웬만한 세상사를 농담으로 만든
다. 모든 걸 우스워하는 자에게 픽션과 논픽션의 구분
같은 건 불필요한 법이다.

　　2017년 어느 날 찬희는 라이브 클럽 공연에서
첫 곡을 마친 뒤 이렇게 말했다.

　　"저희 넷은 지중해에서 처음 만났어요. 저 혼자
그리스를 여행하다가 수행 중인 스님 한 분을 마주쳤
는데 그분이 지금 베이스를 잡고 있는 사람입니다."

　　그러자 찬희의 왼쪽에 서 있던 대머리 베이시스
트가 손을 모으며 "아멘" 하고 인사했다. 그 인사는
베이시스트의 처음이자 마지막 멘트가 된다. 이어서
찬희는 드럼을 소개한다.

　　"드럼 치는 애는 해변에서 자주 갔던 바의 종업
원이었습니다. 설거지를 잘하는 젊은이였어요."

　　드럼은 두구둑, 소리 내고는 말이 없다. 다음으
로 기타리스트를 소개할 차례다.

　　"기타는… 잘 기억이 안 나네요."

사실 기타리스트는 밴드에 들어온 지 얼마 안됐다. 밴드는 별말 없이 두 번째 곡을 시작한다. 지중해라는 지명은 다음 공연에서 멜버른, 산티아고, 신주쿠, 오사카, 고비사막, 블라디보스토크 등으로 변주된다.

　　밀란 쿤데라의 소설을 읽다가 어느 페이지에서 오직 찬희만을 떠올리느라 다음 장을 넘길 수 없던 적이 있다. 찬희를 닮은 소설 속 남자가 말한다. 자신은 아무거나 지어낼 수 있고, 사람들을 조롱할 수도 있고, 온갖 농담을 할 수도 있다고. 하지만 거짓말쟁이라는 느낌은 들지 않는다고. 그런 거짓말들로 아무것도 감추지 않기 때문이라고. 그 부분을 소리 내어 읽어주자 "나랑 같은 공장에서 만들어진 악기 같네"라고 찬희는 말했다.

　　잊을 만하면 한 번씩 카톡으로 음성 녹음 파일이 온다. 찬희가 새로 쓴 곡들이다. 그런 식으로 찬희의 미발표곡을 듣는다. 몇 년 전에는 〈해방촌〉이라는 제목의 노래가 도착했다. 그 노래는 이렇게 시작한다.

　　젊은 청년의 걸음을 글로 옮길 때는
　　왠지 낡은 붓조차 경쾌하게 돌아간다

그해 나는 나를 많이 아껴 부자가 되었지
대신 애꿎은 우리 집 창고만 꽉 차게 되었네
노인이 지게를 지고 뒷산을 올라간다
노인이 지게를 지고 뒷산을 올라간다

그 노래를 듣고 내 동생이 시인이라는 걸 알았다. 나는 뼛속부터 산문적 인간인데 찬희는 언제부터 운문적 인간이 된 걸까. 이 노래에서 찬희의 목소리는 젊은이인 동시에 늙은이처럼 들렸다. 낡은 붓조차 경쾌하게 돌아가게 하는 젊은이의 걸음걸이를 관망할 수 있을 정도로는 나이 든 듯했다. 또한 자기 자신을 아껴 부자가 된 사람의 낭패감을 알 수 있을 정도로는 살아본 듯했다. 지게를 진 노인을 본 적은 없으나 뒷산을 오르는 노인에 관해서라면 잘 알고 있었다. 우리는 태어나면서부터 그 노인의 세계에 속했다. 근육질의 할아버지가 덮어씌운 사랑의 보자기. 그 안은 정도 많고 실수도 많은 세계였다. 한집에서 자란 우리는 커서 서로 다른 가족 드라마를 쓴다.

언젠가 내게 다가올 너에게
먼 옛날인 지금부터
눈썹에 이 말을 품고서 기다려

아빠가 널 사랑해
울려 퍼져라 오 소년의 고함아
인디언 함성처럼
울려 퍼져라 오 소년의 고함아
인디언 함성처럼

찬희의 또 다른 노래인 〈아들〉이라는 곡에서 나는 길고 긴 사랑을 본다. 엄마의 엄마의 엄마 혹은 아빠의 아빠의 아빠로부터 전해 내려와서 딸의 딸의 딸 그리고 아들의 아들의 아들까지 이어질 마음 같은 것. 눈썹에 사랑한다는 말을 품고 미지의 아이를 기다리는 그리움 같은 것. "울려 퍼져라 오 소년의 고함아 인디언 함성처럼"이라는 가사는 점점 더 커져가며 반복되는데, 이 외침은 미래를 향한 절절한 외침처럼 들린다. 영문도 모른 채 사랑받았던 사람만이 이런 고함을 칠 수 있을 것이다. 그게 너무 좋았어서 되풀이하고 싶은 사람만이 이런 노래를 쓸 수도 있을 것이다. 하지만 모르는 일이다. 찬희가 진짜로 어떤 마음이었을지는.

이듬해엔 또 다른 노래가 왔다. '나사렛'이라는 제목의 곡이었다. 이 노래는 좀 우스꽝스럽다. 그리고 왠지 모르게 슬프다.

> 난 한 번도 당신 믿은 적 없지만
> 교회 앞을 지날 땐 아랫배가 저려
> 화분을 매번 죽인 것이 죄스러워
> 밤이 오면 도시의 십자가 아래로
> 예수 나를 용서해주세요
> 젊은 너와 내가 새벽 기도실로 숨었다
> 우리 뭐라도 말을 해야지
> 사랑해 사랑해 사랑해
> 노래도 크게 불러야 할 것만 같아서
> 라 라 라 라 라
> 라 라 라 라 라

나는 내가 모르는 동생의 새벽을 상상한다. 동생도 내 새벽을 모를 것이다. 이제 우리는 서로가 몇 시에 자는지 모르고 누구랑 같이 눕는지도 모르고 무슨 악몽을 꾸는지도 모르고 서로가 지은 죄도 모른다. 그저 죄책감이 우리를 크게 바꿔놓는다는 것만은 안다. 우리는 잘못을 저지르고 나서야만 비로소 바뀌는 사람들일지도 모른다. 〈나사렛〉을 들을 때마다 나는 용서를 빌기엔 너무 늦어버린 사람이 된다. 부끄럽고 후회되고 괴로운데 그래도 계속 살고 싶은 사람 말이다. 무슨 말을 해도 되돌릴 수가 없어서 가사 없는 노래만 겨우 부르는 사람. 배운 말이라곤 '라라라' 밖에 없는 것처럼.

이따금 찬희랑 공연을 한다. 때로는 멀리 다녀온다. 차에 기타랑 건반을 싣고 한참 운전해서 갔다가 무대에 서고 돌아오면 어느새 해가 저물고 있다. 한 사람은 운전석에 다른 한 사람은 조수석에 앉아 앞을 보며 수다를 떨고, 그러다 한동안은 입을 다문다. 우리 사이가 조용한 동안에도 바깥 풍경은 빠르게 지나가고 광활한 저녁이 세상에 드리워진다. 우리를 품은 어둠 속에 나란히 앉아 옛날 생각을 했던 것 같다. 우리가 한집에서 지내던 때와 물가에 내놓은 어린애였을 때와 하늘을 구경하며 학교에서 돌아오던 때와 누가 먼저 어른에 가까워질지 경쟁하던 때와 참을 수 없던 눈물을 참을 수 있게 되었을 때와 사람들에 둘러싸인 채 안간힘을 쓰는 서로를 지켜봤을 때와 지독한 농담을 하고 웃었을 때….

순서 없이 밀려오는 그런 기억들을 따라가며 집으로 향하는 고속도로에서 나는 노래를 하나 만들었다. 〈밤운전〉이라는 곡이다. 찬희를 위해 썼다.

너랑 저기 마을 살 때
구름 아래 앉아 연습한 휘파람
너랑 어른놀이 하다
이기려고 서둘러 떠나온 뒷마당

물가에
빙판에
차디찬 무대에

서러운 네가 있어
질 거 알면서 씩 웃어
슬픈 우릴 멀리로 데려다줘
두 몸을 실은 해 저문 하이웨이

새벽에
문틈에
비좁은 파티에

서러운 네가 있어
빌 거 알면서 꼭 입 맞춰
서툰 우릴 집으로 데려다줘
두 몸을 실은 해 뜨는 하이웨이

휴게소에서 우리는 운전대를 바꿔 잡는다. 장시간 밤 운전은 피곤하니까. 찬희는 운전을 쉬며 최근에 있었던 일들을 늘어놓는다. 웃기에도 울기에도 애매한 일들이다. 그런 일들 앞에서는 그냥 웃는 게 좋다. 웃고 나서 찬희가 습관처럼 말한다. "모를 거야, 누나는." 무슨 일인지 다 말해놓고선 꼭 그렇게 마무리한다. 우리 사이의 유행어 같은 거다. 얼마나 우스웠는지 얼마나 서러웠는지 얼마나 앞이 캄캄했는지 누나가 어떻게 다 알겠느냐는 푸념이다. 그럼 나는 한순간에 모르는 누나가 되어 웃는다. 웃으면서 똑같이 대꾸한다. "모를 거야, 너도." 그럼 걔가 한 번 더 응수한다. "아니, 누나는 진짜로 모를 거야." 우리는 서로가 얼마나 모르는지 강조하며 웃는다. 몰라도 괜찮다는 듯이 웃는다. 나는 그 순간이 "넌 내 마음 다 알잖아." 같은 말을 주고받을 때보다 더 좋다. 그냥 우연히 남매가 되었을 뿐이다. 가족이어도 다 알 수가 없다. 모른다는 것을 알아야만 한다.

그는 나랑 너무 닮은 미지의 타인이다. 모르면서도 너무 애틋한 타인이다.

아이 돈 라이크 워칭 유 고

살다 보면 종종 공항에 가게 된다. 내가 떠나기도 하지만 그런 경우는 아주 드물고 대부분은 배웅을 하러 공항에 간다. 나처럼 폐소공포증이 있는 사람은 사활이 걸린 일이 아닌 이상 웬만해선 비행기를 타지 않는다. 여행도 그닥 즐기지 않는 편이다. 익숙한 집에서 규칙적인 매일을 반복하는 게 좋다. 그러나 이런 나도 가끔은 어떤 필연에 의해 외국인 혹은 이민자와 사랑에 빠지게 되고 그것은 갑작스러운 사고 같은 일이라 예방할 수도 피할 수도 없다.

서른한 살의 내가 새로 사랑하게 된 이의 신분은 이민자다. 편의상 그를 민자라고 호명하겠다. 민자에겐 세탁기만 한 이민 가방이 네 개나 있다. 이민 가방 네 개를 한 사람이 한꺼번에 끌고 다니는 건 도저히 불가능해 보이는데 그 어려운 일을 민자는 해낸다. 이민 생활 이십 년 차라 그렇다고 한다. 나는 민자보다 키도 작고 손도 작지만 민자의 짐을 거들 힘은 있다. 민자가 그 모든 것을 들고 한국에 올 때, 그리고 다시 그 모든 것을 챙겨 한국을 떠날 때, 우리는 가방을 나눠 든 채로 공항을 걷는다. 캐리어에 달린 작은 바퀴들이 매끄러운 공항 바닥 위로 부드럽게 미끄러진다. 공항은 넓고 깨끗하고 엄격하다. 갈 수 있는 곳과 갈 수 없는 곳, 갈 수 있는 사람과 갈 수 없는 사람을 철저하게 구분한다.

몇 개월 만에 공항에서 민자와 재회하기로 한 날에 나는 민자의 착륙 시간보다 일찍 공항에 도착해 있었다. 게이트 앞은 기다리는 사람들로 가득했다. 기다리는 사람들을 바라보면서 백현진의 노래를 생각했다. 목이 빠지도록 기다렸다고 반복해서 부르는 그 노래. 학처럼 길게 머리를 빼고 기다리는 것 외에는 아무것도 할 수 없는 사람의 넋두리. 몇 번이나 열리고 닫히는 게이트 문을 보았다. 문이 열릴 때마다 나는 모르지만 누군가에겐 가장 중요한 얼굴일 사람들이 걸어 나왔다. 조금 있으면 그 사이로 민자도 나타날 것이었다. 그 생각을 하는데 너무 떨려서 토할 것 같았다. 화장실로 가서 헛구역질을 몇 번 했다. 사랑은 정말이지 건강에 해로운 구석이 있다.

다시 돌아와서 게이트를 등지고 앉았다. 문이 열리며 나타날 민자를, 점점 가까이 다가올 민자를 볼 자신이 없었다. 민자가 내게로 걸어오는 사이에 나는 몹시 어색한 표정을 지을 게 분명했다. 너무 기다리던 것을 마주하면 그렇게 된다. 그래서 등을 돌린 채로 민자를 기다렸다. 한 번도 뒤돌아보지 않고 기다렸다. 민자는 수많은 인파 속에서도 단번에 나를 찾을 수 있을 것이다. 내 등의 표정을 한눈에 알아볼 것이다.

한참 만에 아름다운 팔이 내 몸을 감쌌다. 내 정수리 위로 단단한 턱과 따뜻한 숨이 닿았다. 그 순간 나는 내가 여기 있으려고 태어난 사람 같았다. 광이 나는 공항 바닥에 영영 뿌리내릴 수도 있을 것 같았다. 하지만 좋은 시간이 무한정 계속되지는 않는다. 우리는 그것을 알 정도로는 삶을 살아보았다.

시간이 흐르고 어느새 민자가 다시 떠나야 하는 날이 온다. 나는 차를 몰고 민자를 공항에 데려간다. 차에서 우연히 조휴일의 〈I Like Watching You Go〉가 흘러나온다. 조휴일은 이렇게 노래한다. 나는 네가 가는 걸 보는 게 좋다고. 밖으로 보이는 조그만 점이, 먼지만큼 작아지도록, 뚫어지게 쳐다보는 게 나의 아침 일과라고. 이 노래는 배웅하면서도 울지 않는다. 아마도 금방 돌아올 사람에게 부르는 사랑 노래이기 때문이다. 그러나 민자가 언제 올지 모르는 나는 눈물을 꾸역꾸역 참으며 공항 주차장에 차를 댄다. 배웅하는 날엔 갈 수 있는 데까지 함께 간다. 게이트 직

전까지 따라가서 민자의 짐을 거든다. 더 이상 따라갈
수 없는 곳에 다다르면 똑바로 서서 민자를 본다. 민
자도 나를 본다. 나는 지난 시대의 신사들처럼 의연
한 척을 하며 말한다.

"You go first. I'll watch you go."

그럼 민자가 고개를 저으며 말한다.

"No, I'll watch you go."

그 말을 듣자마자 나는 내가 하나도 의연하지
않다는 걸 알게 된다. 약해진 내가 진심을 말한다.

"I don't like watching you go."

민자가 고개를 끄덕이고 나는 돌아선다. 민자에
게 등을 보인 채로 걷는다. 민자는 내가 가는 걸 본다.
민자도 내가 가는 걸 보는 게 싫을 테지만 뒷모습을
봐주는 것 말고는 할 수 있는 일이 없을 때도 있다. 웃
으면서 돌아서는 건 나의 사랑 방식. 조금 더 쓸쓸한
사람이 되기를 자처하는 건 민자의 사랑 방식. 민자
는 내가 자신으로부터 멀어져서 먼지만큼 작아질 때
까지 뚫어지게 쳐다본다. 나는 고개를 돌리지 않고도
그걸 안다.

앞으로 걸으니 바다가 가까워졌어

삶을 고요히 견디는 사람의 얼굴을 안다. 내 친구 강한비의 얼굴이 때때로 그렇다. 한비는 대체로 입을 다물고 있다. 표정 변화도 크지 않다. 그저 등을 바르게 편 채 일을 하고 책과 세상을 번갈아 응시한다. 나쁘고 무서운 일 앞에서도 호들갑을 떨거나 고개를 돌리지 않는다. 한편 뜻밖의 좋은 일 앞에서도 함부로 들뜨지 않는다. 그런 일은 흔치 않다는 걸 아니까. 행복했던 날에 대한 일기를 쓰는 건 늘 어색하다고 언젠가 그가 말했던 것 같다.

어느 여름날 강한비와 함께 부산 출장을 갔다. 작가들은 싫으나 좋으나 가끔 출장이란 걸 가게 된다. 원래 한 밤만 자고 돌아오려고 했는데 한비가 모처럼 기분 좋은 목소리로 두 밤 자자고 해서 하루 더 머물게 되었다. 뭔가를 티 나게 원하는 한비의 모습을 본 건 이때가 처음이라 나는 조금 놀라며 서울행 기차표를 곧바로 취소했다. 내 마음속 한비는 삶에 바라는 것이 적은 사람이었다. 그는 말간 얼굴로 시를 쓴다. 꼭 할머니들같이 잠이 적어서 아침 일찍 눈을 뜨고는 세수하기 전에 끄적인다고 들었다. 그렇게 쓴 글이 한비의 방엔 넉넉히 쌓여 있을 것이다. 내가 일간 연재 마감으로 괴로워할 때마다 그는 말한다.

언제든 자신의 글 중 하나를 가져가라고. 이름만 바꿔서 직접 쓴 척하면 되지 않겠느냐고. 정말이지 명예욕도 없고 저작권 개념도 없나 보다. 세이브 원고를 언제든 내어줄 친구가 나에게 있다니 작가로선 환상적인 일이 아닐 수 없겠으나 사실 한비의 글은 너무나 특이해서 아무리 이름을 바꾼대도 도저히 내가 쓴 것처럼 보이지 않을 것이다. 그러거나 말거나 한비는 나를 위한 세이브 원고를 벌써 몇 편이나 쟁여뒀다고 한다.

그해 여름 우리는 함께 손목서가 마당에 앉아 영도의 바람을 맞다가 시간 가는 줄 몰랐다. 서점 앞으로 펼쳐진 바다는 달빛에 반짝이는 중이었다. 어디서 묵을지 고민하는 우리에게 옆에 있던 이훤이 선뜻 말했다. 자기 숙소에 남는 방이 많으니 와서 자고 가라는 제안이었다. 이훤 또한 시인이고 나의 친구다. 이훤과 한비는 이날 처음 만났지만 이훤의 헐렁한 다정함과 한비의 힘 빠진 태도가 묘하게 상호작용하면서 금세 친구가 되었다. 옆에 있던 또 다른 시인 유진목이 말했다. 우리 내일 아침에 같이 해수욕할래? 한비가 조금 상기된 얼굴로 그럴까! 했다. 나는 마침 가방에 수영복을 한 벌 챙겨 온 터였다. 잘됐다, 너 수영복 가져왔어? 내가 묻자 한비가 대답했다. 아니, 없어. 그러자 유진목이 흔쾌히 말했다. 내 거 빌려줄게. 유진목에겐 수영복이 여러 벌 있었다. 한비는 살면서 수영복을 가져본 적이 한 번도 없다며 이렇게 고백했다. 사실 바다 수영도 안 해봤어. 내가 물었다. 정말? 한비가 고개를 끄덕였고 나는 힘주어 말했다. 내일 꼭 같이 해보자. 진짜 행복할 거야.

다음 날 아침 해변에서 유진목과 만나기로 약속하고 우리는 이휜네 숙소로 갔다. 살짝 올려다보기만 해도 현기증이 나는 고층 아파트였다. 엘리베이터를 타고 올라가는 동안 한비와 나는 귀가 먹먹해져서 코를 막고 귓구멍으로 공기를 내뿜었다. 둘 다 이런 건물이 익숙하지 않았다. 아파트 안에 들어서며 한비가 말했다. 이 집 신발장이 내 방보다 넓네. 이휜이 머쓱해하며 웃었다. 그 자리에서는 왠지 가난보다 부가 부끄러웠다. 손님들이 낯선 집을 서성거리는 동안 이휜은 분주히 방을 안내하고 차를 따르고 수건을 내어주었다. 넓고 높고 하얗고 각이 맞고 모든 것이 매끈한 집이었다. 베란다 창밖으로 해운대가 보였다. 살짝 경직된 자세로 집의 구조를 파악하고 온 한비가 대리석 식탁 옆에 반듯이 서서 말했다.

어디서 들은 조언인데, 사는 동안 최대한 많은 곳에 가서 똥을 싸랬어.

누가 그래?

내가 묻자 한비는 턱 끝을 고상하게 세우고 대답했다.

요조가 그랬던가.

이훤과 내가 뭐라고 대답해야 할지 고민하는 사이 한비는 목을 가다듬고 계속 말했다.

아무튼 여기가 얼마나 고급 아파트이건 간에….

잠시 침묵한 뒤 또박또박 이어지는 결론은 이것이었다.

내일 아침 나는 여기서 똥을 쌀 거야.

그러자 이훤은 바람 빠진 풍선처럼 허술하게 쓰러지며 웃었다. 처음 만난 여자애가 대변을 예고하는 건 그로서도 처음일 것이다. 그는 연신 너무 좋다고 말하며 웃었다.

밤이 깊었다. 샤워를 한 뒤 한비와 나란히 누웠다. 한비는 놀랍게도 하루 종일 입고 있던 검정 원피스를 입은 채였다. 생각해보니 어제도 그 옷을 입고 있었다.

잠옷 안 챙겨 왔어?

응. 이 원피스 엄청 편해.

맞아. 그렇긴 해.

사실 그건 옛날에 우리 엄마 장복희가 나에게 물려줬다가 얼마 전 내가 한비에게 물려준 오래된 원피스였다. 우리는 이 원피스가 격식 있는 자리에도 얼마나 잘 어울리는지, 그러면서도 신축성이 좋아서 일상복으로 입기에도 얼마나 괜찮은지 이야기하며 잠을 청했다. 한비는 나중에 내가 딸을 낳으면 그 아이에게 다시 이것을 물려주겠다고 말했다. 나는 눈을 감고 그에게 물었다.

네 딸한테 물려주는 건 어때?

나는 아이를 낳을 생각이 없어.

그렇구나.

내가 대수롭지 않게 대꾸했다.

어쨌거나 너는 나랑 같이 할머니가 되겠지.

내 말에 한비는 그렇게 오래 살지 잘 모르겠다고 대답하더니 잠시 입을 다물고 있다가 덧붙였다.

사실 나는 살아가는 걸 그렇게 좋아하지 않아.

선풍기 돌아가는 소리만이 우리 사이를 드나들었다. 나는 뭐라고 대답해야 할지 몰랐다. 살아가는 걸 좋아하는 사람이었기 때문이다. 그러나 그저 운이 좋았던 것뿐일지도 모른다. 가만히 누워 한비가 겪어 온 험한 일들을 생각했다. 겪지 않기를 선택할 수 없

는 일들이었다. 적어도 돈을 가진 어른이 될 때까지
는 못 벗어나는 일들이었다. 나는 맞은 적도 없고 가
족으로부터 버림받은 적도 없고 가족을 버린 적도 없
다. 절대로 돌아가지 않겠다고 다짐하고 떠난 적도
없고 아주 혼자였던 적도 없고 모든 걸 멈추는 게 나
을 만큼 괴로웠던 적도 없다. 그래서 사는 게 좋았나.
삶에게 많은 걸 바라고 좋아하는 사람에게 성큼성큼
다가가고 좋은 것을 기대하고 크게 웃고 크게 울고
크게 다짐하고 다시 시작하는 건 그래서인가. 첫 번
째 생을 사는 동물처럼. 덜 알아서 덜 고단한 아이처
럼. 누구나 그런 새살 같은 마음으로 살지는 않을 것
이다. 스물다섯 살인데 이백오십 년은 산 것처럼 지
친 사람도 있다. 한비의 말을 그대로 따라 하는 수밖
에 없었다.

　　살아가는 걸 그렇게 좋아하지 않는구나….
　　응.
　　몰랐어. 하지만 죽음은 너무 무섭잖아.
　　죽는 게 뭐가 무서워. 사는 게 더 무섭지.
　　한비는 어둠 속에서 조용히 천장을 바라보고 있
었다. 나는 갑자기 양손으로 그의 왼팔을 꽉 붙들었
다.
　　그래도 최대한 늦게 죽어줘.

가느다란 팔이었다. 그 팔이 내 손등을 툭툭 두
들기며 재웠다.

한비와 달리 잠이 많아 금세 꿈을 꿨다. 꿈에서
는 한비의 몸이 만져지지 않았다. 침대 오른편을 아
무리 더듬어도 없었다. 그런 식으로 걔가 죽었다는
걸 알았다. 꿈속 카메라는 내가 보고 싶지 않은 장면
을 향해 돌진하고 있었다. 어디에선가 죽어 있을 한
비의 시신을 확인해주러 앵글이 빠르게 이동했다. 못
보겠어서 자면서도 눈을 감았다. 다음 날 아침 먼저
눈을 뜬 한비가 나를 놀렸다.

되게 끙끙대면서 자더라.

그랬어? 하며 부은 눈으로 물었다.

똥 쌌어?

한비는 기품 있게 대답했다.

물론이지.

웃었고, 하루가 시작되었다.

나는 다홍색 수영복을 이흰은 줄무늬 수영복을
한비는 어제와 같은 원피스를 입고 해변에 갔다. 저
멀리서 검정 수영복을 입은 유진목이 나타났다. 그
가 사놓고 한 번도 입지 않은 밤색 수영복을 한비에게
건넸다. 나랑 유진목이 먼저 바다에 들어가 능숙하게

헤엄치는 사이 한비는 공중화장실에 가서 옷을 갈아입고 나왔다. 그 모습을 본 이훤이 말했다. 너무 멋진데? 두유 라테 같은 수영복이 한비의 곧고 마른 상체를 감싸고 있었다. 한비는 작게 웃으며 이훤을 지나쳤고 바다를 향해 한 걸음씩 다가왔다.

나는 허벅지까지 물속에 담근 채 한비를 기다렸다. 그는 지금 생애 첫 수영복을 입고 생애 첫 바다로 입장하는 중이었다. 삶을 고요히 견디지만, 스물다섯 살인데도 이백오십 살처럼 지쳤지만, 바닷물에 처음 허리를 담그는 순간에는 짜릿한 얼굴이 되었다. 아주 작게 으, 하고 소리 내기도 했다. 바다의 가장자리에서 휘청이다가 황홀해진 한비를 노란 튜브에 태웠다. 튜브를 한 손에 잡고 평영으로 헤엄쳤다. 앞으로 가기 위해서, 바다랑 더 가까워지기 위해서였다. 우리는 점점 깊은 곳까지 갔다. 한비가 와… 하고 소리 냈다. 저 멀리 하늘과 바다가 이어진 듯 보였다. 깊은 곳으로 나아가면서 나는 큰언니의 심정이 되었다. 그러다가 조금은 모부의 심정이 되었다.

그의 진짜 모부는 이렇게 좋은 곳에 애를 한 번도 안 데려왔다. 모든 가족은 크고 작게 불행하지만 대부분의 불행한 가족도 으레 하는 일들이 있다. 여름 휴가철에 물가에 가는 일이랄지. 아이에게 수영복을 사주는 일이랄지. 그리 대단할 것은 없지만 다들 하는 그런 일들을 어떤 아이는 한 번도 못 해본 채로 어른이 된다. 나는 발이 닿지 않는 곳까지 가서 헤엄을 멈추고 한비와 함께 둥둥 떠 있었다. 바다는 따뜻했고 우리는 말이 없었다.

수면 위에 누워 마음속으로 노래를 불렀다. 요조의 〈안식 없는 평안〉이라는 노래다. 노래는 이렇게 이야기한다. 앞으로 걸으니 바다가 가까워졌다고. 뒤로 걸으니 바다가 멀어졌다고. 하지만 가만히 있었더니 아무것도 움직이지 않았다고. 외로워지지 않으려면 앞으로든 뒤로든 계속 걸어야 했다고.

우리는 마음만 먹으면 앞으로 더 가볼 수도 있었고 언제든 뒤로 돌아갈 수도 있었다. 가만히 있을 수는 없었다. 파도가 우리를 그렇게 두지 않았다. 파도에 이리저리 출렁이면서도 한비는 너무나 편안해 보였다. 그런 한비를 오래 바라보았다. 도대체 애를 어떻게 때렸을까. 이렇게 몸이 작은데 어디를 때렸을까. 왜 때렸을까···. 그런 생각을 하다 눈물이 나서 바다에 얼굴을 푹 담갔다. 바닷물이 내 눈물보다 짤 것이라 맘 편히 눈을 헹궜다. 다시 수면 위로 얼굴을 내밀어보니 한비는 튜브 위에서 눈을 감고 있었다. 그리고 이렇게 말하는 것이었다.

　나 벌써 이 순간이 그리워.

　우리는 그런 순간을 알아볼 수 있다. 겪으면서
도 아쉽다. 흔치 않아서. 영영 계속되지 않는다는 것
도 알아서. 시간이 우리를 가만두지 않는다. 좋은 곳
에서만 계속 멈춰 있을 수는 없다. 한비는 여기에 쭉
머물고 싶은지 자신이 이대로 더 깊이 떠내려가도 붙
잡지 말라고 했다. 내가 단호하게 말했다. 아직은 안
돼. 힘차게 그의 튜브를 끌고 해변을 향해 헤엄쳤다.
친구가 표류하거나 익사해서 죽게 놔두기엔 난 수영
을 너무 잘했다. 우리는 순순히 뭍으로 돌아왔다. 함
께 깊은 물에 머물던 순간은 이 모든 걸 모래 위에서
지켜보던 이훤의 카메라에 담겼다. 이 여름 한 장의
사진만 세상에 남아야 한다면 그 사진이어야 한다고
생각했다. 단 한 곡의 노래만 세상에 남아야 한다면
그 노래여야 한다고 생각했다.

　파라솔 아래에서는 일찌감치 수영을 마친 유진
목이 누워서 책을 읽고 있었다. 유진목의 피부는 오
래된 나무처럼 고동색이었다. 또한 들뜨지도 슬프지
도 않은 얼굴이었다. 그가 읽던 책이 뭐였는지는 기
억 안 나지만 언젠가 내가 읽은 유진목 시집은 기억

난다. 시집의 첫 페이지엔 이런 문장이 적혀 있었다. "나는 내가 살았으면 좋겠다."

그것을 읽고 나는 그러게, 라고 중얼거렸었다. 정말로 유진목이 살았으면 좋겠다고 생각했다. 하지만 살고 싶지 않음과 싸워본 사람만이 그런 문장을 쓸 것이다. 온몸에 짠물을 묻힌 채 유진목 옆에 털썩 앉는 한비를 보면서도 생각했다. 나는 네가 살았으면 좋겠다. 책을 읽던 유진목이 한비 쪽으로 고개를 돌렸다. 선글라스 너머로 한비의 몸을 한참 보던 유진목이 이렇게 말했다. 그거 너 줄게. 유진목도 알아본 것이다. 한비가 방금 행복했다는 걸. 밤색 수영복을 입고 있는 동안 그런 시간이 지나갔다는 걸. 처음으로 자신의 수영복이 생긴 한비가 담담하게 말했다. 살아 있길 잘한 것 같아.

우리 중 가진 물건이 가장 적고 우리 중 가장 비굴하지 않은 한 사람. 주어지지 않은 삶을 바라지 않는 연습을 꾸준히 해왔다고, 연습이란 말에 믿음을 가지고 있다고 한비는 말했었는데. 이제 나는 그가 다른 연습에 더 익숙해지기를 소망했다. 바라는 연습. 많이 바라면서 계속 사는 연습. 그리고 나에겐 다른 연습이 남아 있었다. 더 친구가 되는 연습. 갈수록

더욱더 친구가 되는 연습. 사실은 친구가 되는 일만
이 내게 남은 전부일지도 모른다.

　　우리는 짐을 챙겨 해변을 떠났다. 다들 다시 삶
을 고요히 견디러 갔다. 뒤로 걸으니 바다가 멀어졌
다.

노래와 함께 오래된 사람이 된다

한 해가 끝나던 날, 정미조의 〈눈사람〉을 들었다. 이 노래를 들으면 내 마음에 함박눈이 펑펑 내린다. 펑펑 내린 눈으로 세상은 하얗게 곤히 잠들어 있다. 노래는 이렇게 말한다. 밤새 내린 눈으로 세상 모든 길이 지워지면 하얀 땅에 첫 발자국을 내달라고. 세상이 깨지 않도록 조용조용 걸어서 아름다운 발자국 내며 내게로 와달라고. 나를 부르며 올 네가 길을 잃지 않도록 불을 밝혀놓겠다고. 아주 멀리서라도 난 널 알 수가 있다고.

먼 훗날 회색 머리 할머니가 된 우리 엄마가 손녀를 향해 이 노래를 부를 것만 같다. 그 손녀는 아직 세상에 없지만 지금 이 순간에도 어디선가 오고 있을 것이다. 혹은 지금보다 나이 든 내가 어떤 아이를 향해 이 노래를 부를 것만 같다. 그 아이는 나의 아이인 것 같기도 하고 나인 것 같기도 하고 내가 평생 사랑한 사람 같기도 하다. 노래가 흐르는 동안 내 마음엔 흰 벌판이 생긴다. 벌판이 크고 고요해서 내 마음은 넓어지고 깊어진다. 그 벌판에서 나는 누구를 기다린다. 잠깐 기다린 게 아니고 오래 기다린 것 같다. 재촉하지도 나무라지도 않고 말이다. 벌판의 끝에는 나의 집이 있다. 작고 오래되었지만 따뜻한 집이다. 그곳을 치우고 데우며 기다린다. 먼 길을 걸어왔을 누군가를.

이것은 정미조가 내 마음에 만든 풍경이다. 정미조의 노래는 나를 위한 흰 벌판을 통째로 가져다준다. 노래를 탁월하게 잘하는 사람들은 무수하지만 듣는 이에게 이토록 커다란 공간을 주며 노래하는 사람은 함박눈만큼이나 드물다. 드물긴 해도 타인이 들어올 자리를 넉넉히 내어주는 곡들이 세상에는 있다. 나는 그런 노래에 마련된 공간에 가서 울고 걷고 쉰다.

음악을 사랑하는 사람은 많지만 음악의 사랑을 받는 사람은 지극히 제한적이라고 한다. 작곡가 류형선의 말이다. 그는 이렇게 묻는다. "그 기준은 무엇일까? 음악이 자신을 기꺼이 허락할 만한 자격을 갖춘다는 것, 음악의 사랑을 듬뿍 받을 자격을 갖추며 산다는 것, 그게 뭘까?"*

2019년 겨울로 돌아가면 MBC 녹화장에서 바들바들 떨며 노래하는 내가 있다. 무대에는 나미의 〈슬픈 인연〉 반주가 흐른다. 그건 나미 노래 중 내가 가장 좋아하는 곡이지만 이날의 나는 노래를 두려워

---

* 416합창단, 『노래를 불러서 네가 온다면』, 문학동네, 2020, 96면.

하며 노래한다. 음정이 안 맞을까 봐 두려워하고 고음이 나오지 않을까 봐 두려워하고 두려움이 티 날까 봐 두려워한다. 두려움은 지켜보는 관객들에게도 고스란히 전해져서 마이크를 꽉 쥔 내 어깨나 그들의 어깨나 걱정으로 굳는다. 이때 나는 음악의 사랑을 받지 않았다. 겁에 질린 자는 사랑받을 기회가 와도 그것이 기회인 줄도 모르고 그저 두려워하느라 바쁘기 때문이다. 아- 다시 올 거라고, 너는 외로움을 견딜 수 없다고, 아- 나의 곁으로 다시 돌아올 거라고 노래하면서도 나는 이 노랫말을 믿지 못한다. 그저 불안한 나를 견디느라 정신이 없다. 그런 나의 노래는 세숫대야만 한 공간을 겨우 만든다. 누군가 들어와서 걷거나 울거나 쉬기에는 너무 좁은 노래다.

혼자 있을 때 딱 한 번 이 노래를 잘 불러보았다. 아무도 보고 있지 않다고 생각하니 나만의 방식으로 완벽하게 부를 수가 있었다. 그러나 그 시절에 너를 또 만나서 사랑할 수 있을까? 흐르는 그 세월에 나는 또 얼마나 많은 눈물을 흘리려나…. 나는 마치 그 세월을 살아본 사람처럼 노래했다. 이 후렴이 왜 '그러나'로 시작될 수밖에 없는지 이해한 사람처럼 노래했다. 그러다가 마음이 깊어지는 듯했다. 노래와 함께 조금 오래된 사람이 되는 듯했다. 이때의 나는 잠시 음악의 사랑을 받았다. 음악의 사랑을 받아안을 공간이 내 안에 넉넉히 있었다.

하지만 어떻게 다시 그렇게 부를 수 있을까? 아무도 보고 있지 않다는 듯이. 누가 보고 있어도 괜찮다는 듯이. 내가 나여서 다행이라는 듯이. 언제든 네가 될 수도 있다는 듯이. 노래하는 사람은 어쩔 수 없이 영혼을 들켜버리고 만다. 좋은 가수는 좋은 작가가 해낸 것과 비슷한 일을 해낸 것인지도 모른다. 아무도 아닌, 동시에 십만 명인 어떤 사람이 되는 것. 그렇게 투명하고 담대한 사람이 되면 음악의 사랑을 받으며 노래할 수 있을 것이다. 지금 이 순간 우주에 울려 퍼지는 소리가 내 노래뿐이라고 해도 외롭지 않을 것이다. 너무 좋은 풍경을 스스로 만들고 있으니까.

태초에 노래를 가르쳐준 어른들이 있었다. 노래와 그들을 번갈아 보며 세상을 배웠다. 그들은 내게 노래를 들려주었고 나 역시 그들에게 들려주었다. 이제는 내 노래를 가장 먼저 듣는 사람이 나라는 걸 안다. 나는 내가 듣고 싶은 노래를 부르기 위해 노래한다. 부르면 부를수록 마음이 깨끗한 사람이 되고 싶어진다. 고맙다고 말하고 싶어지고 미안하다고 말하고 싶어진다. 아름다운 사람이 되고 싶어진다. 그게 내가 먼저 노래를 사랑하는 방식이다. 노래가 나를 사랑할 때까지 나는 노래를 짝사랑할 것이다. 이 사랑을 계속하면서 점점 더 오래된 사람이 되어갈 것이다.

나를 만든 세계, 내가 만든 세계
'아무튼'은 나에게 기쁨이자 즐거움이 되는,
생각만 해도 좋은 한 가지를 담은 에세이 시리즈입니다.
위고, **제철소**, **코난북스**, 세 출판사가 함께 펴냅니다.

아무튼, 노래

초판 1쇄 2022년 4월 25일
초판 5쇄 2024년 4월 25일

지은이 이슬아
편집 조소정, 이재현, 조형희, 김아영
디자인 일구공 스튜디오
제작 세걸음

펴낸곳 위고
출판등록 2012년 10월 29일 제406-2012-000115호
주소 경기도 파주시 회동길 290 206-제5호
전화 031-946-9276
팩스 031-946-9277

hugo@hugobooks.co.kr
hugobooks.co.kr

ISBN 979-11-86602-71-3 02810